O livro de Rovana

QUANDO EU ERA SURDA-MUDA

JOAQUIM MARIA BOTELHO

O livro de Rovana

QUANDO EU ERA SURDA-MUDA

Portadora de síndrome quase desconhecida na época em que nasceu, aprendeu a ler e a escrever antes mesmo de aprender a falar.

Copyright © 2016 Joaquim Maria Botelho
O livro de Rovana: quando eu era surda-muda © Editora Pasavento

Editor
Marcelo Nocelli

Revisão
Natália Souza

Fotografias
Botelho Netto

Design e editoração eletrônica
Negrito Produção Editorial

Impressão
Lis Gráfica

Obra composta em Electra e impressa em papel pólen soft 80 g/m², em maio de 2015.

Dados Internacionais de Catalogação na Publicação (CIP)
Bibliotecária Juliana Farias Motta (CRB 7-5880)

Botelho, Joaquim Maria
   O livro de Rovana: quando eu era surda-muda: portadora de síndrome quase desconhecida na época em que nasceu, aprendeu a ler e a escrever antes mesmo de aprender a falar / Joaquim Maria Botelho. – São Paulo: Pasavento, 2016.
   224 p.; 14 x 21 cm.

   ISBN 978-85-914377-0-2

   1. Botelho, Joaquim Maria – Ficção. 2. Romance brasileiro. 3. Alport, Síndrome de. I. Título. II. Título: quando eu era surda-muda: portadora de síndrome quase desconhecida na época em que nasceu, aprendeu a ler e a escrever antes mesmo de aprender a falar.
B748l   CDD B869.3

Índice para catálogo sistemático:
1. Botelho, Joaquim Maria – Ficção 2. Romance brasileiro 3. Alport, Síndrome de

Todos os direitos reservados ao autor.
A reprodução total ou parcial deste livro só será possível com a autorização do mesmo.

EDITORA PASAVENTO
www.pasavento.com.br

PREFÁCIO

O livro de Joaquim Maria:
procedimento e consumação da narrativa

Joaquim Maria Botelho, autor de *O livro de Rovana*, traça, em forma de romance, uma articulação narrativa multifacetada, cujos limites confluem com outros gêneros literários, cujas leis já se consagraram pelos usos e costumes civilizados. Arrisca um salto de criação autônoma.

O romance vem a ser a diluição relativamente moderna de relatos épicos ou satíricos delegados pela antiguidade greco-latina aos povos que se organizaram em função do expansionismo europeu.

Eis que o escritor Joaquim Maria Botelho vivenciando, no interior e na capital do estado de São Paulo, obstina-se a oferecer, ao público-leitor, um tecido literário testemunhando uma experiência humana raríssima, expressa num processo narrativo de extrema originalidade. Diríamos que conteúdo e forma se congregam à perfeição. Suas narrativas correm paralelas, se entrelaçam e se influenciam.

O próprio nome do autor peja-se de reminiscências literárias: evoca o prenome de Machado de Assis, escritor-símbolo do Brasil, que se consagrou com o designativo familiar. O Botelho constitui herança paterna. E a mãe, Ruth Guimarães, perpassa o romance inteiro, quer como autora e intelectual, quer igualmente como extraordinária pedagoga a tentar conduzir os filhos, inclusive os deficientes. O capítulo 18 intitula-se "*Quem é Ruth*". Desfila uma sequência de tragédias que se voltaram em sua vida. Joaquim Maria, narrador, tornou-se, de quarto filho, ao mais velho de uma extensa e problemática família.

É impressionante o conteúdo de *O livro de Rovana*. Mas, a meu ver, não constitui tão-somente uma peça biográfica (ou bibliográfica), assim como não pretende realizar uma saga de exaltação da linhagem familiar. O que enaltece o desempenho artístico de Joaquim Maria Botelho foi a estratégia narrativa, inovadora, com que encarou a organização dos conteúdos.

Sob esse ponto de vista, os aspectos gestuais de cunho biográfico (ou autobiográfico), políticos e historiográficos se secundarizam perante o engenho literário com que os conteúdos se realizam.

Apenas para exemplificar a tarefa artesanal de que se desempenha o escritor, basta lembrar as dezenas e dezenas de cadernos e apontamentos da irmã, nascida surda-muda, a orçar pelas duas centenas de peças, a fim de extrair da forte personalidade dela os roteiros mentais de comunicação e autorreferência. O diário da irmã passa a ser o texto básico do ousado romance composto por Joaquim Maria. Mais do que protótipo da espécie, as dramáticas citações do romancista fundamentam os valores críticos em que se apoia o romance *O livro de Rovana*. Na verdade, a visão de mundo, fruto da experiência, articula simultaneamente a Memória, a Imaginação e o Juízo Crítico. Serve de apoio para o relato ficcional. A escritora Ruth Guimarães, mãe do romancista, merece um capítulo especial, o de número 18. Mas habita incontáveis outros, como figura exponencial, operadora de saídas e soluções milagrosas. Tornou-se a primeira figura brasileira a constar de um verbete na *Encyclopédie Française de la Pléiade*.

Do mesmo modo, o espírito de Rovana, a irmã desventurada, se esgarça nos seus vários escritos, a partir da surdez e do mutismo inicial. Aliás, o ficcionista de *O Livro de Rovana* apresenta a irmã-personagem desde a abertura da obra: "Quando Rovana era surda-muda". Joaquim Maria, na avaliação crítica, inverte a ordem da causação do infortúnio inicial da heroína: a mudez ocorreu-lhe não em consequência da surdez, mas se tornou surda em face da capacidade de fala. Crise de comunicação, portanto.

Foi através da dedicação e argúcia da professora Gioconda, "fada que encontrou a magia de explicar os códigos de articulações de letras e de palavras", no dizer do romancista, que um mundo novo se entreabriu para Rovana, para quem pouco valeram os métodos do Instituto Pestalozzi e das escolas da Apae.

O fato é que Joaquim Maria Botelho, nascido e criado num ambiente em que os livros e as bibliotecas, exaltadas pela mãe e pelo pai, constituíam a melhor companhia para os melhores momentos da vida, pôde trazer para a Literatura Brasileira uma espécie única de romance. Depoimento, misto de um retrato crítico do ambiente interiorano do país e de um memorialismo auto-analítico, franco, evolutivo, menos egocêntrico e narcíseo como acontece a tantos autores autobiográficos. Sem a desilusão dramática de Franz Kafka e sem a angústia de tudo expor de Marcel Proust, Joaquim Maria Botelho concretizou o relato em que o "eu" não suprime o "nós" e o "nós" não elimina as nuances do "eu", afetivas, como ocorre no romance-tese dos discípulos de Émile Zola. Trouxe à luz do dia um excepcional e vistoso desenho de temperamentos.

FÁBIO LUCAS

Crítico, ensaísta, ficcionista, autor de
Novas Mineiranças (recaída), no prelo.

DEDICO ESTE LIVRO

aos meus pais,
Ruth e José,
que construíram esta história.
E aos meus irmãos,
que continuam a escrevê-la, comigo:
Marcos, Olavo e Júnia.

"*Durante os últimos três anos, Helen continuou a fazer rápidos progressos na aquisição da linguagem. Ela tem uma vantagem sobre as crianças comuns: nada do exterior distrai sua atenção dos estudos.*

Mas tal vantagem envolve uma desvantagem correspondente, o perigo de aplicação mental inadequadamente excessiva. Sua mente é constituída de tal modo que Helen fica num estado de excitação febril quando tem noção de que há algo que não compreende."

(Texto de ANNE SULLIVAN, num relatório sobre HELEN KELLER, de 1891)

SUMÁRIO

APRESENTAÇÃO Quando Rovana era surda-muda 13

CAPÍTULO 1 Retomando o diário 19

CAPÍTULO 2 Antes das letras. 23

CAPÍTULO 3 Crises 31

CAPÍTULO 4 Novelas do dia a dia 35

CAPÍTULO 5 Impregnada 43

CAPÍTULO 6 Evoluções. 49

CAPÍTULO 7 Com a mala nas costas. 57

CAPÍTULO 8 Ficando para trás 61

CAPÍTULO 9 Juca, traços de identidade 65

CAPÍTULO 10 A terapêutica do passeio. 73

CAPÍTULO 11 1978, um ano difícil .77

CAPÍTULO 12 Devaneios românticos 89

CAPÍTULO 13 Rovana, segundo Marcos 95

CAPÍTULO 14 Resgatando lembranças 99

CAPÍTULO 15 Televisão e solidariedade 103

CAPÍTULO 16 Roberto Carlos, ídolo constante. 107

CAPÍTULO 17 Tio Rubem e Tia Norinha 111

CAPÍTULO 18 Dinheiro. 115

CAPÍTULO 19 Uma situação, dois pontos de vista..........119

CAPÍTULO 20 Rovana e o pai 123

CAPÍTULO 21 Mudanças e ovos quentes.................133

CAPÍTULO 22 O vestido de Marta......................141

CAPÍTULO 23 Recomeço..............................145

CAPÍTULO 24 Sem papas na língua 149

CAPÍTULO 25 Laranja e picolé 151

CAPÍTULO 26 Ouvidos moucos.........................153

CAPÍTULO 27 Indícios................................155

CAPÍTULO 28 Palavra-chave 157

CAPÍTULO 29 Psicologia 159

CAPÍTULO 30 Palavras da salvação 163

CAPÍTULO 31 O que Júnia se lembrou da infância
com Rovana 171

CAPÍTULO 32 Susto..................................181

CAPÍTULO 33 Aniversários............................185

CAPÍTULO 34 A síndrome.............................187

CAPÍTULO 35 Salto para 2010.........................191

CAPÍTULO 36 Outra escritura 193

CAPÍTULO 37 Antecedentes 203

CAPÍTULO 38 Na cidade e na serra.....................207

CAPÍTULO 39 Quase férias 211

CAPÍTULO 40 Bom humor 215

CAPÍTULO 41 Estou bem melhor... 221

APRESENTAÇÃO

Quando Rovana era surda-muda

Rovana adolesce.

Minha irmã adolesce há quase cinquenta anos. Como se, nesse tempo, tenha estado voluntariamente suspensa sobre uma teia invisível que não a deixa tocar o chão da humanidade, que é onde estamos todos nós, sobrecarregados de penas e de idade. Ela não. É uma menina. Uma mulher em adolescência física e emocional. Tem 49 anos, mas aparenta doze. Magra e miúda. Pés de boneca número 33, difíceis de encontrar calçados pelo tamanho, mas que propiciam passos rápidos e firmes. E que sustentam a sua altivez. Empertigada. Ereta. Inquebrantável, de teimosia quase cruel. Sorriso escasso de dentes pequenos. Tez acobreada, herança da índia ancestral das velhas histórias de mamãe. Olhar penetrante e perspicaz. Desconfiada. Em muitos momentos, ausente. Como se acima do chão, acima do mundo, acima do tempo. Sobrevoando. Sobrevivendo.

Foi desenganada pelos médicos praticamente ao nascer. Era uma pessoinha prematura, miúda e magricela, de crânio pelado desproporcionalmente grande. (Talvez essa lembrança longínqua a estimule a cultivar renitentes cabelos longos.) De longe causava impressão estranha na gente, com seus olhos oblíquos imensos, inquisidores, muito vesgos – esse defeito seria corrigido, mais tarde, com exercícios e óculos. A criaturinha tinha pavor surdo da água. Qualquer borrifo, qualquer rocio, tirava-lhe o fôlego. Os sustos que tomava, pequenina, marcaram a minha imaginação com os mistérios que a humanidade trouxe da caverna. O que teria havido antes, antes de, para que ela carregasse esse medo insano? O que havia lá, de onde veio – e de onde vim também eu –, que a fez chegar aqui, a bordo desse pânico? Passou esse medo. Decerto outros lhe tomaram o lugar. Difícil saber. Rovana mal ouvia, quase não falava, exceto por algaravias que os irmãos batizaram de "rovanês". Enraivecia-se ao não se fazer entender. Hoje, em momentos de lembranças, costuma dizer de si mesma que antigamente era "menina furiosa".

Cuidada, apoiada, incentivada, estimulada, foi crescendo e evoluindo – essa história de Helen Keller vai ser contada aqui, com minha mãe, Ruth, no papel de Anne Sullivan.

Meus pais passaram a vida em sobressalto. Os três filhos deficientes viviam repetidamente desenganados pelos médicos aos cinco, aos 12, aos 19, aos 26, em vaticínios de mau agouro em ciclos quase míticos de sete anos. Embora apostando sobre o fim, os médicos nem desconfiavam de que mal padeciam Antônio José, Judá e Rovana. Argumentavam consanguinidade de papai e mamãe, primos em primeiro grau, e apelavam para o fato de que os três apresentavam deficiência igual. Surdez, cegueira noturna devida, alegadamente, a carência crônica de vitamina A. Não era a síndrome de Down, isto sabiam, pelo menos. Os sobressaltos ganharam concretude aos doze anos de Rovana, quando Antônio José morreu, de uma nefrite tornada nefrose, depois de resistir a uma agonia de mais de dois anos.

Por esse tempo, Rovana já era criança ativa e autossuficiente. Fazia sua própria higiene, entendia tudo quanto lhe era dito. Inteligente e observadora, brincava, participava de jogos. Não desapareceram os acessos de raiva, mas no geral era habilidosa no trato com as pessoas. Sua principal ocupação, obsessão talvez, era passear. "Paquiá", na sua pronúncia. Falar, propriamente, não falava, ainda. Comunicava-se, com gestos, gemidos e gritos, exigindo que a compreendessem.

Conseguia ler e escrever desde os 11 anos, sabe-se lá por causa de qual milagre de vontade. Perseguia, literalmente, a professora Gioconda, fada que encontrou a magia de explicar os códigos de articulações de letras e de palavras. Mas Rovana ainda não sabia falar direito e ouvia pessimamente. Ainda assim, a escola representou para ela um salto de evolução que jamais imagináramos possível.

Identificado esse interesse de Rovana pelas escrituras, mamãe tentou – confessadamente sem grandes esperanças – deixá-la conviver num ambiente escolar regular. Escolas para crianças então chamadas excepcionais apenas contribuíam para que ela estacionasse no aprendizado, pela convivência com crianças menos dotadas. Matriculou-a na escola tradicional, a mesma em que lecionava. Tentou fazer o mesmo com os outros dois. Antônio José, o Juca, de saúde e mente frágeis, não pôde acompanhar aulas, e Judá, por sua vez, não quis, embora tenha chegado a frequentar a escola tradicional por algum tempo, em 1980.

Meus pais desistiram, pois, do Instituto Pestallozzi e das escolas da Apae e tomaram outro caminho pedagógico. Decidiram educar os filhos especiais em casa, com obrigações e deveres, e também jogos, passeios, vida normal em família. Rovana era encarregada de pendurar no varal a roupa lavada, acompanhar a secagem e depois recolher. Também era sua tarefa arrumar a própria cama e varrer a casa. Desempenhava as obrigações alegrinha, alegremente.

Diferente de Antônio José, a menina contrariou o vaticínio dos doutores. Desmentiu os médicos, teimosamente. Eu quase disse laboriosamente, porque parecia que ela se impunha viver e evoluir. Mas o termo labor não se aplica a ela, com exatidão. Tem outras prioridades. Seu labor está focado em outras coisas, como em um diário que mantém desde 1974, num total de 194 cadernos completamente preenchidos. Os primeiros, referentes aos anos de 1974 a 1977, foram perdidos nas muitas mudanças de cidade que a família precisou empreender. Foi seu primeiro desafio, desde quando, aos 14 anos, descobriu que era capaz de falar. Hoje, referindo-se àquela época, costuma dizer: "... quando eu era surda-muda".

Um trecho, pelo menos, conseguimos resgatar do primeiro diário, de 1974. Ali, Rovana contava os seus começos: "*Mas agora eu sei falar e escutar. Eu falo tudo errado, porque não aprendi a falar direito. Eu ainda não estou mais na escola, porque eu não preciso. Sou só um pouco surda-muda. Eu trabalho aqui em casa, como a dona-da-casa*".

16

A história de Rovana, na verdade, é a história de José e de Ruth, dois educadores, dois poetas, duas excelências doutoradas em respeito à pessoa, em amor ao próximo, em devotamento pela família e um pelo outro.

Neste livro, os registros (literais, quando em itálico) dos diários de Rovana, estão como foram grafados, sem correção e sem acrescentamentos.

Minha mãe escreveu este texto em 1995: *"De repentemente, a partir dos 35 anos, Rovana passou a usar deliberadamente, e com muita independência, uma construção vocabular e uma interpretação particulares das palavras, a meio baseadas em tudo quanto ouviu e captou, inclusive ou principalmente a linguagem televisiva, comunicação e janela para a sociedade que a rodeia. A captação, a utilização e a criação dessa metalinguagem levam-na a soluções poéticas, inesperadas, muito pessoais, em boa parte impróprias, talvez improváveis, ou podemos dizer estrangeiras, uma vez que Rovana é estrangeira no mundo."*

Rovana leu uma primeira versão deste livro, de umas quarenta páginas, em 3 de agosto de 2009, dia do seu 49º aniversário. Achou que estava bem, que havia sido respeitada a memória contida nos seus primeiros diários, minha principal fonte de pesquisa. Não reagiu, à época, com grande entusiasmo, mas a família conhece bem os seus sinais, e ficou claro que ela gostava da ideia. Deve ter pensado: já que não podia ser escritora, como a mãe, pelo menos teria um livro publicado. Implicitamente, autorizou a continuação do trabalho. Outra versão do livro, mais polpuda, de umas cento e cinquenta páginas, foi-lhe apresentada em março de 2010. Folheou-a, desconsolada, e informou que não conseguia ler. Estava quase cega.

Naquele momento, estava alegrinha, mesmo com uma rotina incômoda de três sessões semanais de hemodiálise. Tinha 39 quilos e apresentava sintomas de falência dos órgãos. Vivia com minha mãe na chácara que foi dos nossos bisavós, em Cachoeira Paulista. E continuava, inquebrantável, a produção de registros no seu diário, então no 194º caderno.

Rovana não lerá a versão impressa.

Parei e retomei este livro algumas vezes, com intervalos de até um ano. Era por demais doloroso revolver essas lembranças. Mas o trabalho precisava ser terminado. Quem sabe, por meio dessa leitura, famílias que tiveram problemas parecidos com os nossos possam obter inspiração para propiciar o surgimento de outras Rovanas?

São Paulo, 2016

CAPÍTULO 1

Retomando o diário

"*Meu nome é Rovana. Este é foi o primeiro diário que escrevi. Estou aqui começando a contar desde quando comecei. Tinha 14 anos de idade, escrevi porque minha mãe me ensinou a contar o que me acontecia, lembrança, recordação, história, e para nunca mais esquecer o passado. Emocionante é a vida, é a minha vida. Eu escrevo sobre o que acontece no mundo, na natureza, no meu mundo, falo do sentimento de felicidade e da minha tristeza. Está certo que parei de repente, depois de escrever três ou quatro anos. Um dia, no Rio das Pedras, a minha mãe me perguntou: Por que você não escreve de novo o seu diário, contando novidade? Voltei a escrever tinha 17 anos, em 1978. Escrevo até hoje. Escrevo tão bem assim, que ela não me incomodou mais. Foi no Rio das Pedras. Sempre fui lá muitas vezes, caminho mais longo, melhor a pé. É só seguir o trilho do trem, passa o mata-burro, vamos no mato, uma estradinha de passagem. E o rio. Lugar mais gostoso, água limpa, pedras espalhadas pelas águas. É só entrar na água, e sentir tudo suave. Esse dia era junho, 1978, aniversário da minha cidade, Cachoeira Paulista, e festa do padroeiro, Santo Antônio. Na praça, muitas barracas, bandas, fanfarras...*"

Assim Rovana iniciou o seu romance. Assim inicio a sua história. Naquela noite distante, de que Rovana fala, noite de festa de Santo Antônio, tinha ido com a irmãzinha, seis anos mais nova, à praça da cidade, onde aconteciam coisas extraordinárias como a chegada de cantores de TV. Seria o espetáculo do Tema Show. Como de costume nessas festinhas de cidade pequena, com procissão, reza e mafuá, parquinho e quermesse, o espetáculo demorava muito para começar. Lógico. Acabada a cantoria da parte mais popular da festa, o pessoal se mandava para casa. No outro dia era pra levantar cedo. Dia de serviço. Rovana reclama que queria ficar mais um pouco e Júnia exige que ela vá para casa.

– Por que vamos embora?

– Porque a mãe disse: "só até meia-noite".

Andando e chorando, andando e chorando. Lá estão, no diário, os seus transportes de menina moça de 17 anos:

"O meu adorado cantor vai embora. Eu não sei o nome dele. Fico com muita saudade dele. Estava tão triste! Vou dizer adeus ao meu adorado cantor. Ele é lindo e charmoso. Ele é loiro de olhos pretos. É lindo demais."

Havia mais coisas para distraí-la dessa tristeza e desse amor inspirado pela televisão e pela leitura de revistas e de romancinhos. Por exemplo, o aniversário da mãe, que ocorreu no mesmo dia, 13 de junho e, maior tristeza não havia, ela não tinha dinheiro para comprar presente. O caso foi resolvido com um abraço, resolvido mesmo, pois lhe inspirou esse comentário: "Ela ficou contente comigo." E houve o casamento da prima Sheila, com bolo e guaraná. E havia os piqueniques do Rio das Pedras. Banhos de rio como terapia. Somente que era necessário chegar lá. E antes de começar a ir, seria necessária uma aprontação sem fim. Começa-se por levantar da cama, lavar o rosto, escovar os dentes, pentear os cabelos e, depois, como Rovana conta, "indo andando, indo andando". Aí Rovana se queixou, ela que raramente se queixa: "Eu estou doendo muito o meu braço." Ué... Por quê? "É porque eu tava levando a cesta com comida bastante pra comer." Essa não! Ela levou a grande cesta com a merenda, que não era pouca, durante todo o caminho, e ninguém se lembrou de ajudar. No piquenique ela ficou sozinha. "Porque não tenho amiga." E ao mesmo tempo se desdiz. "Eu tenho muitas amigas em Lorena." Acabou de chegar a casa, de volta, e já queria ir ao cinema. Os passeios produzem esse efeito nela. Não quer parar. Não foi. Não tinha dinheiro, outra de suas queixas mais frequentes.

Rovana se acha bonita e conta que tem lindos cabelos.

"No dia 5 eu cortei o meu cabelo. Meu cabelo ficou bonito. O meu pai gostou. Quando o meu cabelo ficou comprido no meu ombro, o meu pai achou o meu cabelo feio. Porque quando eu deixo solto, ele fica muito alto. Agora eu já cortei."

Como no jogo da amarelinha, vamos dar um pulinho para trás. Um retorno de cinco anos.

Aos 12 anos, Rovana trabalha em casa, arruma a cozinha, lava roupa, faz compras, escreve cartas. É companheira da irmã caçula, Júnia. Esta pinta zebrinhas nos cadernos do segundo ano primário. Sobem na goiabeira, para apanhar fruta e para conversar.

"Eu ficava na árvore conversando com a Júnia."

Eu e Marcos, os irmãos mais velhos, começávamos a namorar. E daí advinha nova preocupação para Rovana: "E eu não arranjei um namorado nenhum."

Anotações no diário, depois de um passeio na praça da cidade, com a irmã e a amiga Diley:

Os rapazes falam assim mesmo:
Oi orgulhosa!
Oi linda!
Oi belezoca!
Oi bonequinha!

Aos poucos vai tomando contato com a insatisfação existencial. "*O pai não deixou assistir ao programa do Sílvio Santos, o meu querido animador. E eu não arranjei namorado nenhum. E o Olavo* [o irmão imediatamente abaixo dela] *começa a brigar. Eu falei pra ele parar, mas ele ficou com cara raiva como touro. Ele bateu de mim com força. Eu mato ele, quero me livrar dele.*" E exclama pateticamente: "*Estou tão tristeza!*"

Numa noite de inverno, ela explica: "*Está começando chovendo. Estou batendo na boca do dente. A noite está com frio.*"

CAPÍTULO 2

Antes das letras

Quando menina, com nove ou dez anos, Rovana frequentava uma classe de pré-primário da Escola Estadual de Primeiro Grau Paulo Virgínio. Ali, a professora era Gioconda. Como o nome diz, jovem e alegre, uma bela morena de pele de pêssego e olhos de turca, cabelos ondulados jogados nas costas. Rovana tinha ido para ter uma obrigaçãozinha escolar, ir à escola todos os dias, a intenção era de sociabilizar, principalmente. E, num descrédito para com a professorinha: "Vamos ver como a Gioconda vai se arrumar com a Rovana." Coitada da Gioconda! Rovana não sabia falar nem uma palavra. Também não tentava se exprimir por meio de gestos, nem nada. Limitava-se a ficar encolhida e quieta, de cabeça baixa, os cabelos caindo em cima do rosto, feito uma preguiça de capoeirão. Quando as coisas não iam bem para o seu lado, gritava ou então chorava silenciosamente, as lágrimas escorrendo. Era bom tentar adivinhar logo quais as suas necessidades no momento, senão era um dilúvio de choro que não acabava. Tentar consolá-la era um atraso de vida. Ela se esquivava, com gestos de rebeldia, não queria entender, não queria saber. E eram horas, ou até dias, naquele humor soturno. Rovana comentou mais tarde que a vontade dela era falar e contar e que ficava desesperada porque não conseguia. Como será que a Gioconda vai se arrumar?

Pois qual não foi o susto em casa, susto mesmo, toda a gente estarrecida, de boca aberta. A menina, a Rovana muda, tinha

aprendido a ler e a escrever. É verdade que escrevia coisas assim: *"E o Joaquim começou a brigar comigo e fica com cara de risada. E parou de brigar. E bateu no meu ombro direito, doeu muito, eu bati nele também ele doeu também."* Assim é descrita uma cena de brincadeira às brutas, como é usual entre os meninos: *"Ele deu nó no meu pescoço, fiquei doendo e bati na costa dele."*

Dentro da caixa craniana, em plena massa encefálica, é que estão os elementos vitais da palavra: o centro motor de Broca, localizado na extremidade posterior da circunvolução frontal, e o centro sensorial de Wernick, situado dentro da esfera auditiva, no lóbulo temporal esquerdo. Daí descem os fios mágicos que vão comandar a articulação da palavra, acionando a língua, o véu do palato, a laringe etc. Os médicos explicam que, consoante a localização, os paralíticos cerebrais chegam a falar, mas não compreendem o que falam.

Ruth, a mãe, daria um depoimento, mais tarde.

"Não sabíamos o que fazer com os meninos, porque nossos conhecimentos eram limitados. Conseguimos, por meio de um dos diretores da revista Senhora, para a qual eu escrevia, uma vaga para o Juca, o mudo mais velho, na Associação Pestalozzi, para crianças excepcionais, em São Paulo. Não é preciso dizer que Juca adorava a escola. Para os outros não houve lugar. Judá fez um teste para essa mesma escola, não foi aceito. Disseram que ele não aprenderia nada. E então, quando os doizinhos tinham esgotado a nossa capacidade de inventar coisas, de entender, de produzir algum resultado com ensinanças daqui e dali, resolvemos mandá-los para a Apae, em Lorena.

"Rovana tinha treze anos quando a colocamos na Apae. Não tínhamos alternativa, era o que nos parecia. No Brasil não existe escola nem instituição para os paralíticos cerebrais, sem problemas de loucura ou de debilidade mental. Parece evidente que o juízo nos meus meninos não foi danificado, nem o equilíbrio, nem o discernimento entre o bem o mal, o correto e o incorreto. Ao mesmo tempo realizávamos uma descoberta. Rovana não era muda porque surda, condição que estávamos acostumados a ver e de que sabíamos alguns casos. Mas era surda porque não falava. Ela simplesmente deixava de escutar, porque não tinha adquirido um meio verbal de comunicação. Também não procurava realizar a comunicação pela linguagem gestual. Mas era mais complicado do que isto. Não que não quisesse, talvez, mas a palavra lhe

escapava em sua significação. Não sei em que mundo Rovana existia, se sombrio, se cinzento, se simplesmente um silêncio. Recolhia-se na sua concha e ponto final. Enfim, chegamos a uma observação ainda mais extraordinária. Rovana estava falando. Muito bem! Rovana lia e escrevia. Ótimo! Ela formulava as palavras, até as empregava, mas o seu significado não era alcançado por ela. Realmente ela estava sozinha no mundo, estrangeira, de uma incompreensão total, fechada, parede, muralha, todos nós do lado de cá. Soubemos de casos semelhantes, ocorridos com pessoas adultas, por motivo de derrame cerebral. Esqueciam-se da língua. Com a Rovana não era assim. Ela simplesmente não tinha palavras. E as que tínhamos para lhe emprestar ela não as compreendia.

"Vejamos se consigo explicar melhor. Nosso filho número dois, o Rubinho, se lhe perguntávamos se estava com medo, franzia a testa e o nariz e repetia: medo... com um ar da mais absoluta incompreensão. Outras palavras, ele assimilava depressa. Risadinha, pra tirar retrato, e ele fazia caretas mostrando alguns dentinhos. Sabia o que era dodói, áua, dandá. Mas medo... O que é isto? parecia dizer com aquela carinha franzida. Fomos ao litoral, ao Guarujá. Estávamos na praia e veio aquela onda verdosa, de crista branca, num chuá medonho, parecia quase em cima da gente. Rubinho – tinha três anos – correu, agarrou minha mão e gritou: Mamãe! Medo!"

Não sabíamos o que fazer. Rovana foi matriculada na Apae, juntamente com o irmão Judá, alguns anos mais velho, paralítico cerebral também, pior do que ela. A área atingida era mais extensa. Ele nunca aprendeu a ler nem a escrever. Uma ou outra vez dizia, do seu jeito, o que queria contar, para que alguém escrevesse a carta por ele. Numa dessas missivas brevíssimas, endereçada à mãe, dizia isto:

Mamãe,
fui no cinema, gastei seu dinheiro e me diverti à beça.
A Júnia fez mingau duas vezes e comi e a Rovana também.
O Marcos tá mexendo na minha bicicleta? Olha lá, hem?
Tem rato pequenininho no lixo.
Cabô

Abraços
Judá

Como se chama sua escola, Rovana? E ela: "*Apae, mai amore e compreentão.*"

A escola ficava em outra cidade, a quinze quilômetros, ela e Judá embarcavam no ônibus da Pássaro Marrom. Passava um de quarenta em quarenta minutos. Nos primeiros tempos o irmão Marcos os acompanhava, mas aos poucos foram ficando conhecidos dos motoristas, sempre os mesmos, e passaram a viajar sozinhos. Precisavam ganhar independência. Além disso, o ônibus parava praticamente em frente de casa e em frente da escola. Assim, iam e voltavam, sem necessidade de acompanhante, todos os dias, menos aos sábados e domingos.

Na Apae, Rovana aprendeu a escrever cartas com a professora Marlene. Escreve muito, um alinhavado do que chama novidades. Quando escreve demais, queixa-se: "Eu estava doendo o meu dedo." Faziam-se muitos passeios. Num deles, à tardinha, a criançada foi toda ao quartel do Exército, passeio a pé. Atravessava-se a cidade. O quartel tinha um pátio espaçoso, armaram-se barraquinhas. Rovana preocupou-se com a hora. Não poderia ficar depois de meia-noite "senão eu e Judá vamos dormir na rua". Exagero. Mal escurecia e ela pensando que já podia ser meia-noite... Mas, preocupada, puxou Judá pela mão e saíram correndo pela rua afora. "*E daí eu não dei tchau pra minha amiga Abigail.*"

Quando pegou o ônibus de Cruzeiro, para ir embora, surpresa! O pai estava lá, viajando também, de volta da faculdade onde lecionava. Rovana com a palavra:

"Eu vi o meu pai. Eu falei pra ele: 'Oi, pai!' Ele falou: 'Eh! Está passeando?' Eu estava sorrindo. Ele falou pra mim: 'Já foi na festa?' 'Eu já.' Ele falou: 'O que tem lá na festa?' Falei: 'Fui na festa do quartel. Pai, todo o mundo ainda não dançou, estava demorando muito. Eu falei pra Abigail que eu vou embora agora. Não posso ficar mais um pouco. Estava bocejando. Estou com tanto sono. Com tanto sono..."

Já se vê que Judá e Rovana tinham medos. A referência à noção de monstro, no imaginário dos dois, era traduzida pela palavra bicho, pronunciada *bitcho*. O fantasma, o papão, o assombrado, era o *bitcho-móde* (o bicho que morde). Não um animal ou entidade específica, definida, mas o medo atávico de que falou Gilberto Freyre, em Casa Grande & Senzala, creditando-o à nossa herança indígena: "não de bicho nenhum, mas de bicho místico, horroroso, indefinível". Medo vago e ancestral. Medo elementar, potencializado decerto pela escuridão que já então crescia nos olhos de ambos, acometidos pela retinose pigmentar, degenerescência da síndrome de Alport.

Pensamentinho dela circunvagava, circunvoluteava, agarrava-se aqui e ali como as lianas, linguagem inventada e estrangeira, que estrangeira no mundo ela era.

Formou-se com todas as honras no pré-primário. E dava pra não ensinar a Rovana, dona Ruth? Eu não aguentava aqueles olhos extraviados, e muda, e suplicando com o olhar, a boca e o gesto, pedindo para eu ensinar. E pedia como? O quê? O caderno na mão e o gesto. Sei lá. Ela foi pedindo e eu escrevendo. Eu não sei mesmo o que aconteceu comigo e com ela. Sei que aprendeu. Não me peça para explicar o que eu mesma não entendo. A senhora entende? Claro que não, Ruth disse.

Claro que não, Gioconda. Mas se você não tivesse respondido as perguntas de Rovana, a história seria outra.

Em 1980, Rovana passou para o Mobral da Escola Estadual Dr. Evangelista Rodrigues, conhecida em Cachoeira Paulista como Grupão. Teve que mudar porque estava mocinha, não poderia ficar de dia. Tinha passado para o 3º ano, depois 4º, tirou diploma. Começava a falar mais fluentemente.

Naquele fevereiro de 1980, na primeira noite no Grupão, foi, voltou, chorou um pouco, porque não gostou da escola: *"todo mundo me olhando com cara estranho e me riu"*. Escreveu um bilhete para a mãe, pormenorizando todas as suas queixas e foi entregar em mãos, no quarto.

Esperou a leitura, depois se chegou pra mãe, isto é, se achegou, ela quase para em cima da gente, como quem toma satisfação:

– Por que eu tenho que ser surda-muda e prematura, e não tenho namorado e ninguém liga pra mim?

Mas um registro de 29 de fevereiro de 1980 já mostra situação diferente:

"Já conheço as minhas colegas na classe chama-se Sônia, Tânia, Lourdes, Silvana só. Depois fui na escola para estudar. O Judá ficou sozinho em casa. Estudei bastante eu e minha colega conversamos. Depois terminei de estudar, o pai veio nós buscar. Eu comprei bolso para pôr guarda-pó na escola. Depois eu e a mãe e o pai andamos ir embora. Conversamos e chegamos em casa."

No outro dia, foi comprar a roupa que ia ter que usar na escola. À tarde, comunicou:

– Mãe, eu já servi a roupa.

– Já o quê? Ah! Experimentou e serviu?

– Gostei.

A SÍNDROME DE ALPORT

Pesquisas médicas indicam que a síndrome de Alport é causada por uma mutação em um gene do colágeno. É um distúrbio muito semelhante à nefrite hereditária e pode estar associada à presença de surdez nervosa e anomalias oculares congênitas, como de fato observou-se nos meus três irmãos, Juca, Judá e Rovana. É considerado raro, numa razão estatística de duas pessoas acometidas para cada 10.000.

Rovana, de certo modo, teve relativa sorte, comparando-se com os irmãos, porque o distúrbio costuma ser brando em mulheres. Na realidade, imaginávamos que, chegada aos 48 anos, com sintomas renais mínimos, descontada uma pedra que foi eliminada por litrotripsia quando tinha perto de 40 anos, pudesse passar ao largo de crises. Os registros médicos mostram que a maioria dos pacientes desenvolve doença renal terminal entre a adolescência e os quarenta anos. Mas o ano de 2009 mostraria que não seria assim, com ela.

CAPÍTULO 3

Crises

Foi dos catorze para quinze anos que começou a ter crises terríveis de teimosia e irascibilidade. Brigava com a mãe, não queria tomar remédio.

– Você está sendo desobediente, minha filha.

– Eu não sou coisa nenhuma! – ela gritava.

Não tomou o remédio, foi para o quarto, bateu a porta, chorou.

– Agora não ligo mais pra mãe – desabafou ela, aos berros. – Porque ela não gosta mais de mim, ela sempre me odeia, e toda a minha família me odeia.

Chorou que foi um dilúvio.

– Quando eu era menina, não aprendi a falar, nem fui para a escola. Cresci e fiquei tão chateada. Preciso aprender costura, a fazer comida, tocar piano, escrever a máquina, ir para a faculdade. Depois preciso trabalhar na novela, ser atriz. Quero morar no apartamento. Preciso esquecer Cachoeira. Aqui pra mim chega!

Tudo isso aos gritos, aos brados, aos soluços.

E não adiantavam as tentativas de acalmá-la. Não adiantava agradar, nem ameaçar, nem gritar com ela. Ficava dias e dias emburrada, trombuda, sem falar com ninguém, batendo os pés e as portas. Completamente inacessível. Era terrível. Não se sabia se era remorso, medo ou o quê. Saía do mutismo para desafiar:

– Mãe, agora o pai vai chegar e a senhora vai contar tudo.

– Não. Não vou contar.

– Conta! Conta! Conta!

E era outra tempestade.

Ao mesmo tempo, rezava:

– Eu quero que o Deus me perdoe o que eu fiz com a mãe e me abençoe.

Não sabíamos o que fazer com ela.

Essas crises, ainda hoje, acabam inesperadamente. Parece que Rovana acorda de algum pesadelo. Volta às atitudes tranquilas.

Como de costume, Júnia manda-a dormir, mais ou menos às nove da noite. Rovana remancha um pouco. Primeiro vai escovar os dentes, depois beber água, depois diz que é cedo. Júnia puxa-a pela orelha, brincando de durona, leva-a para o quarto, manda que troque de roupa para dormir. Ela só fala:

– Boa noite, Júnia!

Vira para o lado e dorme, instantaneamente.

Em 1974, a mãe teve uma inspiração. Sugeriu que ela começasse a escrever um diário. Talvez que conseguisse colocar em papel o que sentia e não podia expressar pela fala, que lhe propiciasse alívio de desabafo. Talvez que a família conseguisse, a partir de seus relatos, conhecer melhor o que se passava naquele mundinho emparedado dentro do qual ela vivia. Talvez que, pelo menos, tivesse uma ocupação.

Nesse ano, período mais grave dessas crises de nervosia, a família se recuperava de três perdas trágicas, as mortes, em anos sucessivos, de Marta, a filha mais velha, Rubinho, o segundo, e Antônio José, o Juca, terceiro.

Restavam seis irmãos, contando comigo, Joaquim Maria, 'o quarto filho de Jacó', como brinca mamãe, no lugar de mais velho. Palavras dela, sobre mim: "Menino sério, dono de fino espírito de justiça, ajudava muito, cozinhando, lavando, fazen-

do compras, cuidando dos irmãos. Era respeitado pelos irmãos, mas às vezes perdia a paciência também". É verdade. Minhas impaciências me trazem alguns pequenos remorsos, hoje. Mas diga-se, a meu favor, que eu estava mocinho, então, na ebulição da adolescência, tentando entender-me e ao mundo.

Marcos, aos 15 anos, era o companheiro mais constante de brincadeiras dos irmãos. Ocupava o meu lugar durante as manhãs, horário em que eu estava na escola. O pai e a mãe lecionavam, na infinda labuta de prover aquela turma, e pouco tempo ficavam em casa. Eu voltava do colégio, preparava um almoço rápido, lavava a louça. Depois providenciava a lavagem das roupas e a arrumação da casa, chamando todo mundo para ajudar. Em geral todos participavam, porque as tarefas viravam brincadeiras. À tarde, o horário do café era uma farra. Eu tinha aprendido a fazer bolo, suspiro, nos dias mais feios bolinho de chuva. A criançada se aglomerava em torno de um enorme bule de chá mate, bebida predileta de todo mundo, misturada com leite gordo da fazenda. O encontro era na mesa gigante da cozinha, cercada de quatro grandes bancos, sentantes suficientes para vinte pessoas. Depois, eu lia histórias para eles todos. Costume herdado do pai e da mãe, e que nos serviu de engrandecimento.

Muitas vezes vinham meus colegas de colégio para estudar em nossa casa, de modo que a chacrinha vivia cheia. A cada moça que chegava, Rovana se aproximava, primeiro com timidez e depois com desenvoltura: "Você quer ser minha amiga?"

Rovana já está mocinha em 1976. Quando de suas tristezas existenciais, que se amiúdam com o decorrer dos anos, e de outras tristezinhas corriqueiras do dia a dia, o remédio é o colinho. O procedimento é seguro. A mãe puxa-a pela mão, ela senta no colo, abraçam-se, Rovana parece muito ansiosa, logo se acalma, às vezes chora um pouquinho, mas a alegria volta ao rostinho alongado, àqueles olhos. Ela escreve que é muito feliz. Que gosta tanto da mamãe, ela é "tão boazinha para mim" – e prossegue, sem transição, nem sequer para uma vírgula: 'já almocei e comi doce, a empregada está lavando louça.'

CAPÍTULO 4

Novelas do dia a dia

"Tomei banho à 1 h da tarde. Aí a mãe e o pai não deixam tomar banho cedo. O pai não deixa eu tomar banho á noite. Só 2 da tarde. Aí o pai e a mãe ficou com raiva de mim, que eu tomei banho cedo. Agora eles não me deixam. Eu sabia! Agora eu vou ficar porca, pô! Eu quero tomar banhos todos os dias e quero ficar limpa."

Aí está a versão de Rovana, na novela do banho. Havia outra novela, a dos empréstimos.

"O Olavo veio pedindo emprestar dinheiro. O meu dinheiro. Eu falei 'não' ele foi no quarto dele. Aí voltou aqui, ele está pedindo emprestar dinheiro. Ele está com cara chorando. Aí levantei da cama, fiquei um pouco chateada, peguei dinheiro e emprestei pra ele. Ele foi embora correndo pro baile."

Mas Olavo, à parte a sua vontade permanente de espezinhar a Rovana, tinha as suas artimanhas para lidar com ela.

"Olavo fala toda hora quer meus gibis. Eu disse 'não'. Agora ele já foi na cozinha e trouxe chá pra mim. Emprestei gibis velhos pra ele."

Já se vê, uma interesseira de marca maior.

Rovana cozinhou arroz e fritou batatas.

"Mamãe não estava em casa, nem o papai, nem o Joaquim que foi trabalhar em São José dos Campos. À noite, com mamãe, foi um bom programa, Eleazar de Carvalho, com orquestra sinfônica do Clube Literário, onde bateram bastante palma e *aplaudiram de pé. Levantando e sentando outra vez. Na volta, paramos no Fronteira, para tomar fanta laranja e comer pizza."*

Tudo muito bem. Ao chegar a casa, outra novela do Olavo:

"Eu fui no quarto dele eu vi a revista Fantasmas. Era minha revista, o Olavo pegou no meu quarto e emprestou pro menino. Ele não devolveu a minha revista de volta. Ele falou é dele. É mentira! A revista é minha, fui eu que comprei, eu guardei no quarto e depois o Olavo pegou, fiquei com raiva dele. Ele vai me pagar. Estou de mal com ele."

Cena com o Olavo:

"Aí ele continuou gritando e chorando. Ele começa puxa o cabelo da Júnia e batendo nela, ela também batendo com o Olavo. Eu segurei o Olavo com força, pra ele não bater, ele está batendo outra vez nela, segurei no pescoço dele. Eu gritei 'para com isso'. Ele está chorando e foi no quarto dele e foi por aí, sei lá! Fiquei tão tremenda que segurei o Olavo, ai meu Deus!"

De outra cena com o Olavo:

"Eu e o Olavo brigamos, eu gritei e dei arranha nele, eu não conseguia parar de brigar bastante, a Júnia veio largar do Olavo em cima de mim, ele não largou de mim, eu gritei assim 'chama a Sônia depressa'. Aí ela correu e chamou a Sônia minha prima e veio aqui e tirou o Olavo em cima de mim e fui no meu quarto e sentei no chão, perto da minha cama e chorei e fiquei tremendo. A Sônia me levou na casa dela, me deu um copo dágua e bebi e chorei bastante e contei tudo pra mãe que o Olavo fez por mim brigar."

Terceira cena com o Olavo:

"Olavo toda hora me enchendo eu ia jogar paulado nele, aí ele correu pra longe."

Não eram raras essas brigas, quando o pai e a mãe não estavam em casa. Geralmente, quando os pais chegavam, eles estavam brincando, briga esquecida.

Rovana avalia:

"O Olavo é meio maluco, porque ele começa a brigar e fica rindo."

Ainda outro relato:

"O Olavo está atrapalhando da gente. Ele toda hora pega minha carta e meu gibi e correndo na rua, aí joguei as pedras nele e pronto."

Olavo, à época, era briguento, chorão, mentia compulsivamente, gastava no mesmo dia a mesada inteira e ficava pedindo dinheiro às meninas. Não pagava, fazia pequenos furtos, sempre de dinheiro, em casa. Estava em tratamento. Talvez que, pequeno ainda, imprensado na idade e na circunstância entre

Rovana, a difícil, e Júnia, a caçula, tenha se ressentido de maiores desvelos, e chamava a atenção como podia. Foi, até certa idade, adulto já, um homem iracundo, provocador, sarcástico. Salvou-o, não o Rum Creosotado, mas Patrícia, com imensa paciência e generoso amor. E revela-se, hoje, um pai equilibrado e companheiro da Gabriela.

Na cabulosa idade dos quinze anos, Olavo é uma pedra no sapato de Rovana, mas o encanto dos acontecimentos da noite supera o mau humor. O pai acaba de chegar a casa e diz:

– Minha filha é bonita.

Ela ficou contente. No mesmo trecho do diário em que reclama do Olavo, está o registro:

"Eu gostei muito da sinfonia e gostei das músicas. É tão maravilhoso!"

Rovana não tinha nenhuma queixa dos outros irmãos: de mim, do Judá e do Marcos.

"O Joaquim vem vindo ele está brincando comigo e a Júnia também. Ai ele desmaiou na cama e como morto, empurramos ele, ai ele caiu no chão, ele voltou pra cama outra vez e forçamos e empurramos ele outra vez. Ele começou brincar comigo, ele quer contar uma história, eu tapei a minha mão no ouvido. Eu não podia parar de rir. Ele é engraçado."

De Júnia, ela relata os brinquedos. Estes às vezes davam em brigas que começavam e acabavam sem que ninguém soubesse por quê.

"Conversamos e brigamos. Ela toda hora tapa na minha cara eu também tapei nela, aí parou de brincar."

Foram apanhar goiaba, Júnia e ela, e se desentenderam sobre quem devia subir na árvore e quem devia ficar embaixo, recolhendo as frutas.

"Ela desceu da árvore. Eu chorei um pouquinho. Saí do quarto e fui atrás dela eu queria dar o murro na cara dela, ela vai doer

os olhos, ela não vai saber ler livro, quero ver na cara dela! Eu pus a perna da porta pra Júnia não sai, ai ela saiu e fica empurrando em mim. Eu dei um beslicão nela, àh, àh, ela ficou raiva. Eu fiquei chorando e gritando. Porque a Júnia não liga pra mim. Ela é muito teimosa."

Outra narrativa:

"A Júnia está com rosto inxado. Ela falou pra mim ontem, ela subiu a árvore de goiabeira, ai ela sentou no galho em cima do marimbondo, ai o marimbondo mordeu no rosto dela, ela correu rápido. Ela não sabia o marimbondo estava lá."

Rovana e Olavo são os irmãos contíguos, embora os separe um hiato de três anos a mais para ela. Os dois encontram sempre motivo para discutir. A raiva, em Rovana, atinge paroxismos. Numa dessas ocasiões, estavam os dois na cozinha. Ela gritava e ficava roxa de indignação. Ele, que estava tomando leite, jogou leite nela. O choro de Rovana redobrou, ela bateu nele, esmurrou, se debateu. O irmão tentou segurar as mãos dela e ela gritou até perder o fôlego. Júnia e Judá acorreram e separaram os dois, segurando firme a Rovana. Ela ficou chorando perto da porta, engasgada, louca da vida. Mamãe, sem saber o que fazer para esfriar a raiva da menina, jogou água nela, o que foi muito pior. Ficou transtornada, vermelha, com as feições contorcidas, ficou com ódio da mãe, entrou no quarto e trancou a porta. Saiu bem depois, pegou a roupa, foi tomar banho e, fechada no banheiro, reclamou em altos brados e gritou, gritou, gritou, que foi um desespero.

Saiu de lá para provocar o Olavo e brigaram outra vez. O Judá e a mãe tiveram que segurá-la. É ela que conta:

"A mãe quer me dar remédio. Eu disse não quero. A mãe sempre me chateia e sempre raiva de mim. Todo mundo tem raiva de mim eu não aguento mais."

39

A litania dura vários dias. Ela é assim. O que se há de fazer? Isso não é resignação, nem se trata de pergunta retórica. Ela é assim. Agora, o que vamos fazer?

Em 20 de outubro de 1978, um registro do diário revela que as queixas contra o Olavo não são assim tão dramáticas quanto ela faz crer. Ele saiu de casa, há algumas semanas, para trabalhar em São Paulo, e Rovana escreve isto: *"Eu escrevi uma carta pro Olavo, ele está São Paulo, a dias não vejo o Olavo. Eu estava com saudade dele."*

Júnia lembra um evento que também atenua o queixume. Rovana quase nada escutava e nunca enxergou bem – hoje sabemos que por causa da retinose pigmentar.

Nossa casa de chácara às vezes era invadida por uma galinha louca e seus pintinhos. Numa dessas vezes, quando Rovana teria uns 16 anos, ela não percebeu o movimento das avezinhas e pisou num pintinho. Ao entender o que houve, desesperou-se, tanto de remorso pela morte que involuntariamente causara, quanto pelo receio de que o pai fosse recriminá-la, brigar com ela. Olavo, calmamente, disse que ela não se preocupasse porque ia dizer aos pais que fora ele quem matara o pintinho, sem querer. "Eu já sou mesmo culpado de tanta coisa aqui em casa que isso não vai fazer diferença", ponderou ele. Rovana mostrou imenso alívio e ficou sumamente agradecida.

O que não a impediu de manter seus desconsolos com o irmão, nos diários que se seguiram.

Nas páginas do diário do momento, caderno número 3, de 1978, conta que comprou gibi. Gosta de ler a revistinha, compra, coleciona, guarda, briga quando os irmãos pegam algum exemplar. Mas faz intercâmbio de gibis com os amigos. Por exemplo, com o primo Celso. Nesse dia, brigou com o Olavo e reconheceu mais tarde que falou demais. Falar demais é eufemismo. Ela inicia um tom fanhoso, monocórdio, lamentoso, uma oitava acima do tom normal, e as palavras são de insatisfação total. Sempre as mesmas: ninguém gosta de mim; não tenho amigas; eu queria ter amigas; fulano ou fulana riu de mim; ficou olhando na minha cara e rindo.

E, se pretendêssemos fazer alguma coisa a respeito dessas queixas, cuidado! Ela não quer ser consolada. Não aceita explicação, não permite que ninguém se aproxime. Se vamos com jeito, é assim:

— Minha filhinha, a mamãe...

— Chega! Eu não quero saber! Eu sei que ninguém gosta de mim. Eu quero ir embora desta casa! Eu quero morar em São Paulo. Lá eu tenho amizade, eu vou assistir às peças...

Tratá-la com indiferença, fingindo não notar a sua atitude agressiva, não deu resultado, como não deu resultado pô-la no gelo. Aí ela grita, grita, grita. E chora sem parar. Depois fica com uma cara de ré, bicuda, fechada, inacessível.

É ela falando, no diário:

Eu quero dizer uma coisa. A mamãe não gosta de mim. Ela pensa, ela acha que eu falo errado. Ela ri na minha cara. Ela nunca me leva na escola para eu aprender a falar. Mil vezes, ela não liga mais pra mim. Mil vezes ela não me escuta. É verdade, ela não gosta de mim. Ela me faz chorar bastante. Nunca mais vou conversar com ela, nem com a minha família. Eu não aguento mais. Eu estou tão confusa.

De outras vezes, passada essa fase acusatória, ela sonha com um príncipe encantado que quer charmoso, elegante, rico, famoso e bonito. Também diz que quer ser atriz de novela, viajar pelo mundo todo.

No começo de novembro de 1978, mudei-me para São José dos Campos. Fui trabalhar no Instituto Nacional de Pesquisas Espaciais. De certa maneira, outra perda para Rovana, para reforçar a sua impressão de estar sozinha.

No Natal daquele ano, alguma coisa mexeu com ela. Andou passeando com a amiga Lúcia, foi tomar sorvete com o irmão Marcos e a namorada dele, mas em casa ela conta que chorou de triste. Porque, explicou, *"estou completamente sozinha."* Nesses momentos de queixume, Lúcia, presença constante nos seus relatos, é vítima de grandes e seguidos reclamos, porque ela é *"amiga miserável e chata, sempre fala de mentira".* Catarse, desabafo, quem sabe? O fato é que Lúcia lhe serve de companhia mas não é a companhia que lhe serve. Vinga-se, escrevendo no diário a respeito da amiga, de sua própria solidão.

Diário que pode ser escudo ou fiel depositário de atitudes que gostaria de ter. Ficou sabendo pelo jornal da cidade que a filha do Dr. Aurelino, que ela não conhece pessoalmente, fazia aniversário. Escreveu no diário, em 20 de fevereiro de 1980: *"Hoje é aniversário da Daniely. Ela é filha do tio Aurelino. Ela faz anos hoje. Quero dar o meu Parabéns e muitas felicidades pra ela."*

O problema é evitar, impedir que ela fique completamente sozinha. Não sabemos como atingir esse íntimo de comunicação obstruída.

A 31 de dezembro, véspera do ano novo de 1979, ficou com raiva da Júnia, por causa da televisão. *"Ela desligou a TV duas vezes. Fiquei com raiva dela. Ela começa a brigar comigo. Ela ri de mim, sem parar. Ela é muito atrapalhada. Não ligo mais pra ela."*

Uma palavra a acompanha, nesse dia:

"Andei sozinha, fiquei meia hora lá no museu. Olhei no céu e conversei com Jesus Cristo, aí andei sozinha e cantei sozinha. Estou sozinha aqui no meu quarto."

O saldo trágico desse final de 1978 foi esse. Rovana, sozinha.

CAPÍTULO 5

Impregnada

No final de 1972, mamãe quase morreu. Operada às pressas de um cálculo renal, em Cachoeira Paulista, durante o procedimento os médicos descobriram-lhe uma fístula no estômago, com risco iminente de septicemia. Transferida para o Hospital dos Servidores Públicos, em São Paulo, ficou internada por quase sete meses. Nesse intervalo foi submetida a três outras cirurgias. Nenhum médico arriscava um palpite sobre a recuperação dela. Chegou a ser desenganada mais de uma vez.

Mais tarde, ela contava, com a calma dos sábios, como é a sensação de morrer. "Eu senti uma tepidez, como se fosse levada por uma corrente de água morna, e fui indo, fui indo. Aí ouvi o médico me chamando." Ela dizia, entre sorrisos, que a morte, a indesejada das gentes, como a ela se referia Machado de Assis, não é ruim. (Pablo Neruda, num de seus poemas, encarava a morte com essa mesma serenidade: Yo no sé, yo conozco poco, yo apenas veo,/pero creo que su canto tiene color de violetas húmedas,/de violetas acostumbradas a la tierra/porque la cara de la muerte es verde,/y la mirada de la muerte es verde,/con la aguda humedad de una hoja de violeta/y su grave color de invierno exasperado.)

Os meses de internação serviram, ao menos, para que mamãe fizesse intensas leituras da obra de Valdomiro Silveira, escritor do interior de São Paulo, pioneiro na literatura regionalis-

ta. Escrevia à mão os apontamentos que resultariam num livro publicado no ano seguinte pela Livraria José Olympio Editora, em convênio com o Instituto Nacional do Livro. Foi um robusto estudo literário produzido em parceria com o escritor goiano Bernardo Élis – que em 1975 tomaria posse na cadeira número 1 da Academia Brasileira de Letras.

Vou inserir aqui uma avaliação de mamãe sobre a obra do seu conterrâneo Valdomiro Silveira:

"Primitivo (...) e audacioso para o momento, sumamente perfeccionista no estilo em que vivia e escrevia, Valdomiro Silveira rompeu cânones ao usar (pela primeira vez se usava) a linguagem dos mestiços do sub-trópico em geral, e a do paulista em particular."

A despeito de estar ocupada, minha mãe estava doente. E longe de casa. Não tenho como dimensionar o desespero dela, pensando nos seis filhos que lhe restavam, vivendo a vidinha deles na chácara. Contava com meu pai, Zizinho, um homem extraordinariamente devotado a ela e aos filhos. Fotógrafo, trabalhava em casa. Ele próprio construiu o ampliador, ele próprio comprava os químicos e misturava as soluções de nome difícil, hidroquinona, hipossulfito e não me lembro quais outras. Todos o ajudávamos a estender, secar e cortar retratos. Eu fazia as entregas das encomendas. Papai tentou me entusiasmar pela técnica da fotografia, mas confesso que não consegui me interessar pela profissão. Talvez fosse o jeito de ele ensinar que não me agradava. Marcos, por esse tempo, era quem começava a se animar pela carreira do pai e era quem mais aproveitava os momentos com ele, no laboratório.

Nos meus dezessete anos, eu andava às voltas com a primeira paixão. Era bom aluno e tinha consciência de minhas obrigações na escola e em casa. Era quem cozinhava, porque papai não tinha o menor talento para as panelas. Era capaz de, ao ferver água, deixá-la queimar... Minhas tarefas incluíam contar histórias para os menores, cuidar dos banhos e de trazê-los com roupas arrumadas. Júnia, uma lindezinha de sete anos, ajudava o seu pouquinho nos afazeres, achando que era uma brincadeira divertida. Rovana, aos 13 anos, tinha idade mental muito reduzida, em razão da surdez e da mudez. Mas fazia o que a Júnia determinava, o que sua mestra mandava. Papai reunia a filharada, à noitinha, para umas cantorias embaladas pelo seu violão. Era uma vida de todo modo alegre.

Mas eu vivia agoniado com a ameaça da possível perda de mamãe. Pelo menos duas vezes por semana dava um jeito de subir até a Rodovia Dutra, logo depois da escola e do almoço, e conseguir uma carona até São Paulo, duzentos e tantos quilômetros para o sul. E ia visitá-la no hospital. Sempre uma renovação de ânimo. Ela me recebia sorridente e compreensiva, às vezes abatida, mas nunca derrotada. Duas horas com ela, e toca a voltar para a estrada e conseguir carona para Cachoeira Paulista. Não tínhamos dinheiro para pagar a viagem de ônibus. Papai nunca me proibiu essas viagens. Sabia o quanto eram importantes para mim e, de resto, para ele também, porque eu trazia notícias fresquinhas de mamãe, portava cartas de lá e de cá, era como que um símbolo da presença dele, também, junto a ela. Minhas romarias semanais duraram sete meses, como eu disse.

De surpresa, mamãe chegou de volta a casa no dia 15 de maio de 1973. Nesse dia eu estava completando 18 anos, tinha reunido os amigos de escola para um modesto encontro festivo, no começo da noite. Ouvimos o barulho de carro estacionando na rua onde só costumavam passar charretes e cavalos e corremos para ver o que seria. Foi o meu melhor presente de aniversário. Mamãe ressuscitava para a gente.

Papai chorou muito, abraçado a ela, naquela noite. E nós, filhos, tínhamos que ser contidos para não abusar dos abraços. Mamãe estava fraca, ainda cheia de ataduras e de pontos de sutura – mais de 700!

Durante muitos meses eu senti, impregnado no hálito da minha mãe, o cheiro forte da anestesia.

Rovana, de olhos grandes vesgos, observava. Não aparentava entender aquele movimento todo em torno da mãe. Mas veremos que aquela ausência teria consequências para ela.

Encontramos, bem depois, um texto dela, dessa época, que ocupa uma folha de caderno. A confissão revela o amargurado estado de alma da menina, então com 13 anos, ainda incomunicável:

"Quero falar outra coisa, que coisa horrível pra dizer assim que eu ficaria com medo. Que os meus pais não estivesse vivos, o que é sou eu o que eu entenderia fazer algumas coisas, talvez nunca.

Ficaria triste por resto da vida sem mãe e sem pai e com muitas falta deles dentro de mim.

Eu ficaria com medo de ficar velha assim poderia ser eu tenho pequenino segredo que não conto àh muito tempo em que o meu coração bate mais forte e me assusta muito, prefiro não dizer!

Sem mamãe e papai o quê eu vou fazer na vida, com quem eu moraria, não quero viver sozinha! Que eu ficasse velha com medo de ficar doente poderia acontecer pior. Que a mamãe precisava saber disso, está bem?, eu conto, só uma condição não arranjaria quer dizer falaria nunca mais. Vou contando, o meu coração bate mais forte que não para de me assustar, é que estou com medo de morrer, não sei pra aonde eu vou algum lugar, medo de morrer me assusta muito, em que eu não conseguisse encontrar os irmãos, parentes e meus pais, que eu ficasse com medo de ficar sozinha em algum lugar.

Porisso que estou chorando com medo de dizer, eu não devia, o que posso fazer!"

CAPÍTULO 6

Evoluções

Rovana está sentada em cima da mesa, cantando. Terá por volta de dez anos. A conversa entre os irmãos parou. Ficamos todos olhando para ela. Rovana cantando?

Judá começou a rir e rindo ficou.

Ela entoava a melodia, numa algaravia quase incompreensível. Mas cantava. Então decidi ensiná-la e fiquei trauteando junto. Júnia cantou conosco. Judá, muito surdo, colaborou com algumas notas apanhadas aqui e ali. Dentro em pouco estávamos os quatro cantando, entusiasmados, uma musiquinha do Roberto Carlos. Entusiasmados porque Rovana tinha estreado na cantiga.

(Perto de dez anos depois, encontrei uma anotação num dos diários: "A *Júnia acordou agora. Ela disse que eu gritei mas eu não gritei nada e estava cantando.*")

Logo depois, terminada a cantoria, ela comenta, num grande desconsolo, que o Marcos "*não trazeu ainda a televisão, não ficou pronta*".

– Perguntei da televisão, ele não disse nada. Eu tive que dar um murro na cara dele. Ele é chato demais. O meu pai ficou com raiva de mim, foi naquele dia. Porque ele disse que eu nunca mais vou passear na casa da Abigail. Eu não aguento mais, pra mim chega. Eu não vou lá mais, eu não vou mesmo, porque eu não gosto do irmão nem do sobrinho dela. Estou tão triste demais. Estou sozinha sem amiga. A Junia sempre fica com raiva de mim, não aguento mais.

É quase impossível não traçar um paralelo com a vida de Helen Keller. Na sua autobiografia, *A História da Minha Vida*, publicada no Brasil pela José Olympio Editora (no exemplar que tenho, é edição de 2008), há um depoimento de Anne Sullivan, que transcrevo:

É difícil falar dos progressos de Helen: ela já sabe 600 palavras. Não quero dizer que as use todas corretamente. Conversando, faz as mesmas confusões que as outras crianças, quando começam a falar. Entretanto, revela enorme facilidade no uso da linguagem, empregando palavras na verdadeira acepção.

Agora está se interessando pelas cores; achou a palavra castanho na cartilha e quis saber o que significava. Como lhe dissesse que seus cabelos eram castanhos, ela perguntou: "Castanho é bem bonito?"

Outro trecho do depoimento de Anne Sullivan, que remete à nossa experiência com Rovana:

Só os que vivem com ela diariamente podem avaliar o rápido desenvolvimento de sua linguagem. Já usa muitos pronomes corretamente. Cada vez é maior a sua paixão por escrever cartas, ou lançar, no papel, o que pensa.

Dos primeiros diários de Rovana, coletei algo do que ela registrou:

- *Dei tapa na bunda dele, ele ficou doendo.* (Fala de uma briga com o irmão Olavo, seu pesadelo.)
- *Perdi pra ir no cinema.* (perdeu a hora)
- *A mãe não chegou, ela está demora!* (assim mesmo, com ponto de exclamação)
- *O pai está empurrando de mim.*
- *A mãe anda devagar. Ela é devagarona!*
- *Dei volta no carrinho e fiquei com tonta.*
- *Eu fiquei gripe e por isso meu nariz está correndo.*

– A Júnia precisa trazer o meu aparelho de surdez do conserto porque minha orelha está querendo me fazer ouvir.
– A Júnia está pelotando os guardinhas (Júnia comandava um pelotão de guardas-mirins)
– Alguém companhiou a Júnia até a praça.
– Dancei na dicoquete (discoteca)
– Comi amora e fiquei roxa na boca um pouco.
– A Mara vai casar em outubro no mês que vem.
– Fui na cozinha e acendi o chá.
– Comi bolo pedaço. O Olavo comeu melancia tamanho, poxa!
– O Olavo está com cara tristão, hoje.
– O Olavo vendeu 4 gibis meus. Ele vai me pagar caro, é bilhão e meio.
– Gritei com o Olavo. Ele fica começa de cara palhaçado comigo.
– O Judá está graxando os sapatos do pai.
– Subimos na goiabeira. O pai desceu primeiro, eu desci segundo.
– Estes pernilongos não pára de morder na gente!
– O marimbondo mordeu no olho da Júnia, mas ela foi pegar limão na árvore.
– A Júnia foi ao destinta. (dentista)
– O enfermeiro Sebastião é raio-x (trabalha no raio-x).
– Hoje é aniversário da minha amiga. Eu quase lembrei dela.
– E eu fui dormir, quase vou ficar com sono.
– A Júnia foi se dormir.
– A mãe está acordada e dormindo também.
– Está começando chovendo.
– Mamãe está resfriada. Ela ficou com rouca.
– Toda hora eu empirro (espirro) que não pára.
– Mas eu quero ficar sem resfriada.
– Eu vou fazer regime pra perder grama.
– Eu campanhei na casa do Marcos (eu toquei a campainha)
– Fiz campanhia (variação de "eu toquei a campainha")

– A Júnia está passando roupa de ferro.

– O chá derrubou e queimei meu braço de esquerda.

– Eu e o Judá andamos depressa pra não chegar atrasar.

– Assisti filme e depois acabou fim.

– Hoje eu fui no ginásio cedo é exames de física educação.

– O Jerry Lewis é mais engraçado da televisão do mundo todo, Brasil etc...

– O pedreiro está pintando branco a janela e porta na sala.

– O Olavo toda hora briga comigo e me deixa tremenda.

– O Olavo é um péssimo chato e vem me amolando.

– O Judá fica cara risada como bobo que ele é, ele não pára de atrapalhar comigo.

– A mãe vem vindo, porque ela vai nós apanhar (nos bater) que brincamos e gritamos.

– A Júnia toda hora brincando e me deixando risada, que droga!

– Eu colhi a roupa no varal. (recolhi a roupa)

– Vou trocar a folha (fronha) do meu travesseiro.

– Todos os dias eu estou com tanta tonta demais. A minha cabeça está balançando.

– A corda arrebentou aí peguei a roupa no chão e lavei água na roupa.

– Já esquentei arroz e apaguei o fogo na galinha.

– Está chovendo agora. Que chuvosa que não pára!

– Sabe, eu sou errada e não falo direito, falo errado.

A um filme que se chama *"É uma parada essa pequena"*, chamou de *"É essa parada uma pequena"* e, naturalmente, não entendeu o título.

De vez em quando fazia umas confusões assim: *"Eu pintei a unha no meu esmalte."*Ou: *"Eu comprei bolso para pôr guarda-pó na escola."*

Foi ao oftalmologista e lá lhe dilataram as pupilas, o que a fez sentir-se sumamente desconfortável. Eis como descreveu o que sentiu: *"O médico pôs púpila* [assim mesmo, proparoxítona] *aqui e secou meus olhos."*

Acha lindas as proparoxítonas. Chama Junia de *cácula* (caçula) da família.

De outra vez foi passear no tobogã e bateu o pé numa trave do brinquedo. Andou uns dias mancando e foi assim que contou o caso a uma amiga:

"Meu dedo aqui eu bati pum no tobogã. Daí meu dedo ficou um mês parado."

De tempos em tempos relaxa a escrita e a letra decai, enfeia-se. A mãe recomenda calmamente que ela escreva devagar, porque ao escrever depressa a letra fica feia. É patente que, após uma conversa dessas com a mãe, a letra fica mais clara e inteligível. Depois piora de novo, até nova bronca. Em meados de 1979, a mãe lhe dá tarefa de escrever num caderno de caligrafia. O caderno de número 4 mostra avanço sensível na qualidade da letra. *"A mãe disse todos os dias vou escrever direitinho no meu caderno caligrafia, pôxa!"*

No dia 18 de agosto de 1979, Rovana reproduz um bilhete deixado pela mãe, semanas antes: "Rovaninha da mamãe: você esquenta o arroz que tem na panela e frita um ovo para cada um. Mamãe foi dar aula e levou a Júnia para ajudar. O Judá ajuda você. De noite a mamãe vem. Beijão da mamãe."

O bilhete propiciou uma resposta, esta:

"Querida mamãe
Mãe, você vai fazer festa do meu aniversário.
Eu fico muito contente com você.
Eu gosto bastante de você.
Você é a mais querida do mundo.

Mãe, você deixa eu vou passear na casa da Cristina é irmã dadá.
Mas eu fico com saudade dela.
Eu gosto muito dela.
Ela é bonita e boa.
Mãe, você vai fazer festa só sábado.
Eu vou esperar.
Eu fixo feliz do meu aniversário.
Olha você não vai esquecer, não é?
Olha, eu não sei mais o que falar.
Agora eu vou dormir.
Amanhã cedo eu vou pra escola.
Tchau
Um beijo e um abraço
desta sua filha
Rovaninha
Moreninha."

Por volta dessa época, Rovana descobriu o que lhe pareceu um milagre: Júnia aprendeu a respeito de uma promoção dos Correios chamada "carta social", que permitia cobrança de apenas dez centavos para cartas de até vinte gramas. Mandar cartas era barato! Foi a descoberta do século! Rovana disparou a escrever para todas as amigas, para artistas da televisão, para os médicos que cuidavam dela, para as enfermeiras que ficaram suas amigas, para os irmãos, parentes. Produz três ou quatro cartas, todos os dias. Sua lista de presentes de aniversário inclui, forçosamente, pacotes de envelopes e montanhas de selos. "Contar novidades" passou a ser a sua ocupação primordial. Pelo resto da vida.

Nunca foi tratada como deficiente, em casa, nem se sentia assim. Magra e miúda, a despeito disso tem pernas firmes, braços fortes, sobe em árvore, corre, tem força. Subiu na goiabeira e comentou, numa metalinguagem digna de Guimarães Rosa:

– Eu vi aí no embaixo a mãe e a Júnia.

Júnia é a irmã, a predileta, a amiguinha. Por isso mesmo a vítima de muitas raivas desabafantes. Conta, depois de uma discussãozinha: *"Eu penso que ela é uma chata e teimosa como macaca."* Está aprendendo a xingar, porque xingar é necessário, como meio de expressão de emoções.

Quando o vocabulário falha, ela entra com o velho e sovado mecanismo da analogia. Um dia destes deu com o cotovelo na parede e sentiu o relâmpago de dor percorrer do cotovelo até o dedo mindinho. Foi depressa contar:

– Mamãe! Uma picada aqui, no joelho do braço!

CAPÍTULO 7

Com a mala nas costas

Durante o ano de 1968, mamãe tomava o trem expressinho religiosamente às 5h30 da manhã, aos sábados, de São Paulo, onde trabalhava durante a semana, e ia para Cachoeira Paulista. Viagem balançada, barulhenta, seis horas num banco de pau, na segunda classe, mais barata. Depois de semana cheia, era mais um estresse. Mas, meu Deus!, a alegria da criançada correndo descalça para a estação, tentando acompanhar a velocidade do trem, que ia reduzindo pra parar... Calorão de meio-dia, estrada forrada de pedra de hulha, ficava uma fornalha debaixo dos pés. Molecadinha chispava, mas no caminho tinha que subir em algum tufo de capim para esfriar a sola, sapateando, para empreender de novo a corrida no rumo do abraço cheiroso da mãe. Olavo, cabritinho, já acompanha os mais velhos, rechonchudo e alegre, na carreira. Papai e eu íamos mais atrás, a caçula Júnia, de dois anos, no meu colo, e Rovana, mirradinha, de pezinhos delicados, que não aguentariam o braseiro do chão, encarapitada no pescoço do pai.

Marcos, que pouco se lembra da infância, tem vívida a lembrança de chorar, olhando o trem, porque não conseguia divisar a mãe e achava que ela não viera.

O fim de semana, com a mãe em casa, era de festa. Ruth sempre levava algum trabalho para fazer, mas a máquina de datilografia Olympia, instalada na mesinha, à sombra da mangueira, com seus estalidos de tecla carimbando papel, em vez de representar distanciamento, era música para o povinho miúdo. Mamãe estava em casa! Nem precisava muita coisa mais do que observar a atenção dela ao trabalho, com os olhos míopes emoldurados por óculos de armação oblíqua, gateada, oriental. Às vezes erguia o queixo, para mirar todos ou um dos filhos, e sorria. Essa fisionomia ficou cristalizada em nossas mentes, gravada no papel das centenas de fotografias que papai fez dela, nessa época, como sempre e tanto. Em torno da mãe, a criançada corria, brincava, algazarreava. Tudo na mais saborosa felicidade.

Mas a temporada da família em Cachoeira Paulista teve que ser interrompida no início de 1969. Mamãe fizera concurso de remoção esperando obter vaga na cidade onde estava a família. Mas só havia posição disponível para a cadeira de Língua Portuguesa na Grande São Paulo e por isso ela optou por Suzano, onde já moravam os nossos avós paternos – aliás, tios dela. Pois voltou a família a botar o baú nas costas e rumar para Suzano. Era melhor ficarmos juntos de uma vez. O afastamento da mãe durante a semana inteira fazia acumular carências, as viagens semanais ficavam caras, a família corria o risco de se despedaçar. Ademais, Juca aparentava estar melhor dos males renais, mas ainda precisava de atendimento médico que não havia no interior.

Pois lá se foi todo mundo de volta, em 1969, para a casa do bairro chamado Sesc. Quase todo mundo, porque Rubinho foi cumprir o serviço militar obrigatório na base da Aeronáutica em Guaratinguetá. Corpulento, pimpão dentro da farda, sentia-se verdadeiro xerife. Mamãe assumiu aulas em duas escolas, o Colégio Estadual de Suzano e a Escola Estadual Dr. Felício Laurito, em Ribeirão Pires. Nova logística teve que ser desenhada, porque o polo de atração das atividades da família tinha se concentrado no extremo oposto do local de habitação. Por isso mamãe e papai fizeram acerto com o irmão dela, Rubem, para usarem a casa que ele possuía no bairro de Cidade Edson. Nessa época decidiram abrir a livraria Ramayana.

Mamãe havia ingressado no magistério com folga. Tinha muitos pontos em razão de graduação superior pela USP, experiência como professora em escolas particulares e autoria de alguns livros, como o romance "Água Funda" e a pesquisa folclórica "Os Filhos do Medo", esta orientada por Mário de Andrade. Com isso, seria fácil para ela obter remoção, quando quisesse passar uma temporada em Cachoeira Paulista, para cuidar da chácara deixada de herança pelo avô; além do mais as crianças podiam levar vida de moleques de interior, no meio de plantas e de bichos. Alternativa especialmente benéfica para o Juca, que precisava de clima quente e seco para combater a doença renal.

Rovana, então com nove anos, caladinha no seu mundinho, ia Maria com os outros. Não tinha aprendido ainda a extravasar suas preferências.

Porém, no diário de número 13, sob a data de 28 de setembro de 1980, há um registro, fragmentado no tempo e na geografia, que resgata algo de suas memórias daquela época.

"Na viagem eu e mamãe conversamos, ela me disse que a Maria de Lourdes morreu em Taubaté, você não sabe sobre dela, eu e meus irmãos éramos crianças. Os meus pais eram mais novo um pouco mais. Nós moravamos em Suzano. Aquela era nossa casa perto do cemitério, é no meio da rua, mas só tem duas ruas, estrada velha e nova. Não lembro nome da rua. Porque eu não sabia de ler. Estávamos na escola pré-primário, em Mogi das Cruzes eu estudava Classe Especial. A Maria de Lourdes era nossa empregada. Mas ela é preta e usa óculos é baixa e não é casada, é que é solteirona!

Depois de muito tempo nós (eu e minha família) fomos embora para voltar morar em Cachoeira Paulista. Mas em Cachoeira

Paulista é muito longe e anoiteceu nós dormimos no carro perua, o meu primo Marcos dirigindo carro. Chegamos em Cachoeira. Depois eu acordava, ué, estava vazio no carro, todos saíram, eu fiquei com Marcos, aí vimos o Rubinho, ele estava abraçado a Carmen. Eles eram namorados. Aí o Rubinho deu a chave pro Marcos e voltamos pra casa, depois nós dormimos no chão. As vezes o Rubinho e o Joaquim brigaram e ficaram raiva e falaram. Eu não sei o que houve os dois irmãos, que por causa da briga.

(...)

Depois a nossa empregada Maria de Lurdes vive aqui em casa para trabalhar, ela trabalhou 1 ano ou 2 anos, mas ela foi embora, e depois de muito tempo ela veio visitar aqui em casa, nós relembramos dela, ela veio junto com a amiga japonesa.

Depois ela foi embora e nunca mais veio passear aqui em casa, a mamãe me disse que ela morava em Taubaté e morreu lá, fiquei uma cara de espanta, mas ela ficou doente, que será!

Nós gostávamos dela e conversamos dela, pois era nossa boa empregada. Às vezes eu me lembro do meu passado e de nossa família também."

CAPÍTULO 8

Ficando para trás

Os irmãos não tratam como deficientes os três "bobinhos", como papai chama, brincalhonamente carinhoso, os três especiais. Arranjam-se para conversar, compartilham o que têm, disputam o que querem como qualquer criança, brigam de igual para igual, passeiam juntos. São pessoas comuns, apenas diferentes. Algo sempre se tolera em razão disso. Mas tem uma coisa que apavora a todos, que é a possibilidade de que um deles se perca da família, durante um evento, uma viagem. Sabem que não conseguirão comunicar-se o suficiente para informarem sobre a sua própria condição, nomes dos pais etc. A solução encontrada foi dar a cada um deles uma chapinha de metal, pendurada em um cordão, com nome, condição e telefone de contato. Judá preferiu uma pulseira larga, com a inscrição: surdo-mudo, telefone xxxx. Uma ou outra vez, naturalmente, desgarravam-se, mas achavam maneira de encontrar o povo da família.

Papai era o inventor dos apelidos de todos, em casa. Marta era a Batatinha, porque bebê gordinho, rechonchudo. Rubem era Rubinho mas também o Rabecão, apelido de origem inexplicada, pelo menos para nós, e ainda Cacique Bunda-Branca. Antonio José era o Juca Pinduca ladrão de açúcar, e às vezes o Zé Prequeté ladrão de mulher. Eu era Joaco, influência do ramo espanhol da família do papai. Judá foi primeiro Bezerrão, por causa do tanto que mamava, mas depois virou Amarelo,

porque gostava dessa cor, porque tinha os cabelos mais claros que os dos irmãos, ou sabe-se lá qual outra razão. Marcos, o mais negrinho, era "preto que nem o fuminho do pito da Nhá Dita", essa uma velha inquilina de uma das casinhas da chácara. Marcos era, pois, o Fuminho – carregou o apelido até pouco tempo atrás. Rovana, Vana, Vaninha, não teve apelidos, mas Olavo era o Gordinho, por motivos óbvios, ou "Jarbinhas", por causa da semelhança com um dos primos. E Júnia a Junipa, Junipipa. Bobagens. Mas demonstravam o carinho do velho. Ele nos beijava e abraçava, amoroso, atento. Diferente da mamãe, mais fechada e menos dada a exteriorizações festivas de sentimentos, mas infinitamente mais poética na vida e na leitura do mundo e das pessoas.

Guardo uma cartinha de meu pai, comentando uma visita que me fez, no meu trabalho, quando atuei na assessoria de imprensa da Embraer, em São José dos Campos.

Oi, Joaco

É capaz de estas linhas não passarem de nada. Nada para dizer, nem pra perguntar. Foi uma vontade de escrever pra você, uma vontade, melhor, de ir a São José, descer na Rodoviária, procurar um outro ônibus, um circular que me leve até o Inpe ou que me deixe perto da Embraer. Chego na portaria, quero falar com Joaquim, viu? É o meu filho, diz que o pai dele está aqui. Aí vem o Joaquim ô pai por que não foi entrando? Ali é o meu escritório. Que chiquê! meu filho – mas essa secretária loira, essa você não contou nada, né?

Você está ocupado. Tem outros amores: a casa, a nova casita lá nos fundos deve encher o seu coração. Cada dia a edícula está diferente, cresce, pede mais material, fica exigente, os ladrilhos, os armários, começa a se pintar...

Joaco, o que eu tinha mesmo é saudade. Amanhã o Olavo telefona. Esse cara arrebenta de orgulho do mano mais velho. Nós também.

Até!

Deus o abençoe.

Papai
24/11/86

No ano de 1969, por volta de setembro, mamãe e papai decidiram abrir a tal livraria, na avenida Francisco Glicério, em Suzano. Batizaram-na Ramayana, homenagem ao poema de Omar Khayan. Enquanto os mais velhos ajudavam como podiam na administração da casa e da livraria, os três deficientes tinham sido matriculados em uma escola da cidade de Mogi das Cruzes, administrada por educadores alemães e com larga experiência no atendimento a crianças deficientes, dentro da filosofia pragmática de John Dewey. Para rememorar, de maneira que o leitor não se perca, por esse tempo morávamos em

Suzano, onde mamãe lecionava. A família mudara-se provisoriamente para a casa do tio Rubem, irmão dela, que havia sido transferido para a cidade de Lorena, para chefiar a unidade do Ipase, o instituto de previdência dos servidores do estado. A casa dele, em Suzano, localizada no bairro Cidade Edson, ficava perto da livraria e do colégio onde mamãe lecionava e onde os filhos mais velhos estudavam. Dali, também, os horários de ônibus para Mogi das Cruzes eram mais frequentes e o ponto quase ao lado. A logística para levar os três bobinhos para a escola era complicada, porque não havia horário coincidente de aulas para todos. Juca estudava de manhã; Judá e Rovana à tarde. O encarregado de levá-los era Marcos. Saía cedinho com o Juca, deixava-o em Mogi e ia, ele próprio, para a escola. Ao fim das aulas corria para casa, almoçava e saía com Judá e Rovana. Seguiam para Mogi. Marcos deixava os dois e trazia Juca de volta. No fim da tarde voltaria para buscá-los.

Pois um dia... Um dia, Marcos entusiasmou-se com uma conversa, no ponto de ônibus, e não se deu conta de que Judá e Rovana, seguindo o costume, embarcaram no ônibus. Quando percebeu que havia ficado para trás, apavorou-se. Os irmãos não tinham dinheiro para a passagem e não conseguiriam explicar ao motorista o que acontecera. Marcos ficou olhando o ônibus que se afastava, sem saber o que fazer. Rovana? Estava tranquila. Até porque nem percebera, distraída como é, que o Marcos tinha ficado no ponto de ônibus. Mais tarde daria grandes risadas de Marcos, fazendo coro com Judá: "*Burro! Voquê* (você) *é burro!*" Isso depois, porque na hora Marcos se desesperou. Mas não teve remédio a não ser esperar o ônibus seguinte e embarcar no encalço dos perdidos. Estavam em casa, muito sossegados, quando Marcos chegou, apavorado, meia-hora depois deles. Tinham dado um jeito de se entenderem com o motorista. Até hoje não se sabe como.

CAPÍTULO 9

Juca, traços de identidade

Zizinho e Ruth estabeleceram um tratamento caseiro infalível para os filhos, todos eles, deficientes ou não. É a terapia do passeio. Não há mau humor nem manha que resista à sempre nova frase do "vamos passear?" Ou *paquiá*, como Rovana diz, em sua pronúncia irregular. Talvez que, aos seus ouvidos pobres, a prolação da palavra esteja correta. Pode ser que a palavra seja bem formulada, na cabeça dela, e, por causa da sua articulação torta, o resultado seja diverso. Nós outros é que não sabemos, quem sabe?, ouvir direito o que ela fala. Por exemplo, pronuncia banena e não banana, patata e não batata. A má pronúncia parece ser fruto de uma impossibilidade física. Tanto que jamais escreveu como fala e nunca errou a grafia de banana ou de batata.

Curiosamente, a pronúncia defeituosa resulta em quase a mesma fonética nos três irmãos malfalantes, Rovana, Judá e Juca. Talvez tenham aprendido uns com os outros os segredos para uma comunicação suficiente e criaram assim tipicidades. Ou seria traço da síndrome comum aos três?

Uma vez, num passeio com Judá e Rovana, Júnia encontrou uma amiga de escola. Conversaram um pouco, despediram-se, seguiram o passeio. Judá, curioso, perguntou quem era a moça. Júnia respondeu: "Minha amiga." E repetiu, escandindo bem as palavras para se fazer entender: "Mi-nha a-mi-ga." Judá entendeu claramente, e replicou: "Ah! Menina sua minha amiga!"

Juca, aos seis ou sete anos, como Rovana mais tarde, também não sabia falar. Era o primeiro dos portadores da síndrome, papai e mamãe apanhavam ainda para descobrir as trilhas que levassem ao entendimento com ele. Puseram-no em uma escola regida por padres e freiras, todos alemães, especialistas em linguística, gente preparada para lidar com desvios da fala. Num dia, perto do horário da saída, papai foi pegar o filho na escola e deixaram-no ficar do lado de fora da sala, ouvindo as lições do dia. Espiando pelo vidro da porta, viu o padre-professor mostrando a maquete de um aeroplano para a classe atenta. E explicava, com forte sotaque germânico, como devia ser pronunciado o nome daquele instrumento de transporte: "Avion! Avion!". E a criançada tentava galgar os tremedais de suas dificuldades para repetir aquele nome. Nisso, irrompe na sala de aula o padre-diretor, possivelmente para um recado qualquer, e testemunha o esforço do padre. Faz um ar piedoso e corrige o colega: "No no avion. Aviáo!" (Bem, como diz mamãe, os padres também têm direito à sua cota de erros.)

Juca, possivelmente o mais inteligente dos três deficientes, foi quem teve os efeitos mais graves da síndrome de Alport. Era o mais surdo, o que teve mais dificuldade de comunicação e em quem a falência renal se manifestou mais cedo. Aos 15 teve uma nefrite que evoluiu para nefrose e em dois anos o matou. (Judá morreria do mesmo mal, trinta e sete anos depois.)

Comunicava-se por meio de muitos gestos e de uma fala engrolada que os irmãos e os pais acabavam entendendo. Em razão de deficiência mais acentuada, frequentou escolas e clínicas a que Judá e Rovana não tiveram que ir. Por essa razão, ficou de certa maneira excluído de convivência mais intensa com eles.

Juca inventou xingamentos. Xingar é uma necessidade de expressão, diz mamãe, dentro da sua psicologia do inconsciente coletivo. Pronunciar xingamento promove desabafo e é por isso elemento integrante da comunicação. Em suma, xingar tem função social. Nunca usávamos palavrões, era um acordo dos meus pais. Mas havia um código de expressões permitidas, como porcaria, caramba e alguns outros.

Pois Juca xingava. Arranjou um "pacaluca" que ninguém jamais decifrou, mas que serviu muito bem para o propósito. Não importava o significado, mas a carga emocional que levava. Mais tarde o xingo recebeu variações – Judá o transformou em "macalica". Outro xingamento com que Juca apareceu um dia: "boleda". Muito depois da morte dele, foi a vez de Judá aparecer com um "talama", variação de caramba, e "didídido", que podia ter algum parentesco com "fedido".

Rovana não fala do Juca. Uma ou outra longínqua menção nos primeiros diários, quando menciona os irmãos mortos. A rigor, não o conheceu. Juca morreu em 1972, quando Rovana contava pouco menos de 12 anos, incrustada ainda em seu universo mudo. Decerto ela acompanhou a doença dele, principalmente nos dois últimos anos, quando o reumatismo infeccioso o deixou com o corpo inchado, andar dificultoso, mais quieto e mais triste. Mas não fala dele. Talvez porque ele represente a imagem da deficiência de que ela é portadora, mas que jamais aceitou. Confessa ter sido surda e muda durante um período. Mas é só. Não se considera deficiente. Ao contrário, costuma enumerar suas qualidades a qualquer pretexto. Em geral, sempre uma ladainha. Faz cara de atriz e começa: *"Eu sou caprichosa, habilidosa, meiga, inteligente, romântica..."* E segue por aí afora. Juca, parece pensar Rovana (e isto só podemos adivinhar), era um pobre diabo. Não falava direito, não escutava direito, não aprendeu a escrever, não aprendeu a ler. Ainda por cima ficou doente. Ainda por cima morreu. Juca – e de certo modo Judá, também – pode ter sido a negação da aspiração de vida de Rovana.

– *Mãe, eu não vou morrer. Vou viver muitos anos, vou ser atriz, vou morar sozinha...*

A maneira como Rovana lida com a morte é obscura para nós. Nos diários, não manifesta tristezas profundas quando relata falecimentos. Uma ou outra pequena exceção, como esta: *"Que coisa mais triste e chôro. Porque todos os convidados amigos e parentes estão visitando a mãe do prefeito Jair, mas ela morreu tão de repente, coitada! Foi um dia mais triste hoje. O tio Jair está chorando de ver a mãe dele que morreu, eu tinha adivinhado. Ele está completamente sozinho ou com a mulher dele. A mãe dele ficava muito doente. A minha enfermeira Dalva ajudava dela todos os dias, que ela sara logo. Mas não sarou, e de repente morreu!"*

Há registros incidentais sobre mortes de famosos. Como este: *"Sabe, o Nelson Rodrigues é escritor. Ele morreu, coitado!"* Ou este: *"Eu vi no Jornal Nacional, vi os 4 Beatles, mas eu adorei demais. Uns dos Beatles morreu que era jovem, que coisa triste!"* Num momento de desabafo ao diário, em 3 de dezembro de 1980, queixa-se de que fala errado e conversa errado. No clima cinzento que se estabelece nessa página, comenta isto: *"Estou sem a vovó, quero a minha vó Maria, ficava trsite sem conversar, nunca conversei porque não aprendi antes falar, mas não consegui. Tive vontade de conversar com a vovó, sei que ela está no céu, eu queria que ela me ouvisse, e me ajudasse e me ensinasse, quero minha vózinha, estou sem ela"* Mistério. A mãe do meu pai morreu em 1965, quando Rovana estava encarcerada em seu mundo inescrutável. Por que razão teria se lembrado da avó, que mal conheceu, quinze anos depois, num momento em que se sentia deprimida?

Duas páginas depois, no mesmo diário, resgata outra lembrança remota, a propósito de um poema da irmã Marta, que leu algures (e que transcreve), sobre o rio Paraíba, rio meu rio que corta a nossa aldeia:

O Paraíba de neblinas densas
segue moroso.
Parece algum gigante, que, deitado,
por mil bocas fumasse o seu cigarro.
Meu Paraíba de águas amarelas
manda sinais de fumaça
na manhã tão fria,
a algum amigo que se distancia.

Para os outros irmãos, Juca pode ter sido enviado para promover uma catarse na família. Se é que precisávamos disso. Erramos com ele para que pudéssemos acertar com Judá e com Rovana, será? Vejamos este texto confessional, numa folha solta de caderno universitário. É uma carta de próprio punho (folha solta que não era para entrar no diário), a pedido da mãe, em que tenta definir-se. O texto é de 1978 e o título é "Como eu sou":

Pra falar a verdade sou morena, baixa, peso 50kg, metro 155 de altura, inteligente.

Bom, na verdade eu fiquei um pouco triste em que eu li meu diário em que eu escrevia naqueles anos atrasados me fez sentir saudade naqueles tempos, até agora ou estou escrevendo as mesmas coisas falando filmes de televisão, fazendo compra, eu sempre fico pensando a mim mesma "Quero escrever coisas diferentes, por exemplo poesias, natureza, alegria e divertimento!

Estou triste um pouquinho em que eu conversava com a minha irmã, porque eu enchi demais por acaso não gosto de encher ninguém.

A alegria que eu sinto, assim como eu uma moça de 28 anos de idade como estivesse liberdade pra valer, sair por aí indo nos shows demais pra valer, as vezes eu falo coisas engraçadas, não sei, não, a minha família ri, pensei assim "será que eu disse uma coisa engraçada". Eu continuei falando de namorado, porque me deu fazer amor, carinho, paixão e conversar a maior que eu sinto vontade dentro de mim, o meu coração me bate mais forte e me mexe muito como estivesse dizer eu te amo, e não consegui dizer, eu olhava os rapazes tão bonitão, lindo demais pra mim, que tivesse assim?

Eu fico mais triste que não consigo mais compreender que eu fico que dizer quero ficar normal, cada vez mais que estou ficando, é normal que eu penso é uma mulher muito inteligente, formada, sensual, romântica, muito linda e bonita assim que eu quero ficar.

Até agora a idade está chegando, não estou conseguindo ficar bem normal, a maior idade que eu tenho, é difícil dizer assim!

Desde que eu vim pra cá São Paulo, eu pagava todo mês as contas no banco, não sabia o quê fazer, agora eu sabia como pagar os bancos. Trabalhar fora não é fácil, não faz bem negócio, senão ficaria sem tostão como ficar faltando para pagar.

Por enquanto não trabalharia fora, nunca vai dar certo na minha vida.

Não sei o quê fazer na minha vida, assim que eu tornaria escritora, quero trabalhar em casa, vou me sentir bem melhor, é o que veremos!

O quê eu curto é dar passeios, shows e mais lugares o meu sonho é uma viagem na Europa, assim que eu estivesse sonhando passeando por lá conhecendo tantos lugares e traria presentes e lembranças.

Não gosto de ficar sozinha, enquanto eu saio por aí, e qualquer rapaz me dá "oi", não consegui dar "oi".

Pensando bem que é estranho nesta capital, nunca ninguém sai comigo, apesar que não gostasse mais de mim! Apenas tenho uma amiga que as vezes sai comigo. A maior parte que não sei conversar como entre outras professoras quer dizer pessoas, falou um pouco conversar com as pessoas que vem conversar comigo, sabe que eu falo é perguntar, isso é coisa de chateação pra mim!

Eu falo, canto, comer, beber, escrevo, danço, escuto, leio, ando, ganho, gasto, desposito e tudo o mais.

É incrível que estou escrevendo assim.

No final de 1970, mamãe conseguiu afinal remoção para uma das escolas estaduais de Cachoeira Paulista. Era a chance de reunir a família novamente. Poderíamos levar o Juca de volta para a chácara ensolarada. Ele começava a manifestar sinais mais alarmantes da doença, principalmente dores nas articulações e juntas. A sentença dos médicos tinha sido implacável: atenuar os efeitos, porque não existia cura.

Passou a tomar duas injeções por dia, Plasil e Lasix, mais dois comprimidos que não me lembro para que serviam. Meus pais combinaram uma rotina com o farmacêutico e amigo Zé Osvaldo – farmacêutico é nomenclatura dada, no interior, ao dono da farmácia, que não era necessariamente um técnico. Ele chegava, na hora do almoço, armava uma espiriteira onde uma porçãozinha de álcool era incendiada para fazer ferver a água onde descansavam a seringa e as agulhas, para esterilização. Aplicava a injeção, trocava dois dedos de prosa e ia embora. Voltava no fim da tarde e repetia a liturgia, para a segunda aplicação. Eu tinha pouco mais de 15 anos. Olhando aquilo, decidi aprender eu mesmo a aplicar as injeções no meu irmão. Algumas instruções, um pedido de orientação ao farmacêutico, duas visitas à Santa Casa e comecei a fazer as injeções. Seriam dois anos de aplicações diárias, manhã e tarde.

Retendo líquido em razão da falência renal, o que lhe deixava o corpo totalmente inchado, Juca sentia muitas dores. Mal caminhava, nos últimos meses de vida. Não havia mais onde aplicar injeções naquele corpo surrado de picadas. Eram uma espécie de tortura, pra mim e pra ele, as injeções. Ele chorava, irritava-se comigo, esmurrava-me fracamente com os punhos miúdos, buscando me impedir de furar de novo seus músculos magros por debaixo do inchaço. Chorava. Eu me apiedava, imensamente, bi-diariamente. Uma vez ele cambaleou, sentiu falharem as pernas. Ligeiro, segurei-o pelos braços e o levantei ao colo. Não me esqueço mais da marca dos meus dedos, carimbados profundamente sobre a pele intumescida, no lugar onde o segurei.

CAPÍTULO 10

A terapêutica do passeio

Rovana acabou virando intérprete do Judá. Ele explicava a ela, em palavras e gestos pouco inteligíveis para a comunidade geral, o que queria, ela repassava a mensagem, explicando, por sua vez, em sua linguagem típica, menos indecifrável.

Júnia inventou uma blague para se referir às dificuldades de entendimento com esses dois irmãos. Para ela, era preciso aprender "judaico" e "rovanês", para falar com Judá e Rovana.

Pois bem. Tanto em judaico quanto em rovanês, paquiá é palavra essencial. Num trecho de 14 de fevereiro de 1980, Rovana está contando que as aulas recomeçaram. *"Que pena que acabei de férias. Fiquei pena sem viajar e assistir bastante e passear bastante. Espero chegar as minhas férias no próximo mês julho. Não quero perder a minha viagem. Senão eu ficaria triste."*

Outro desabafo, mais ou menos da mesma época: *"O Olavo foi no carnaval. Mas eu queria ir hoje. Eu estava chorando e triste. Porque eu quero ir no carnaval. O pai disse que eu não posso pular no carnaval. Porque senão vai doer a minha barriga outra e porque senão eu vou voltar na Santa Casa e senão eu não volto mais aqui pra casa. Estou triste sem ir carnaval. O pai disse que eu só vou no ano que vem, isso fica longe! Eu vou tomar chá e vou deitar na minha cama. Tenho pena de mim. Boa noite! Gosto muito de você, diário!"*

Passeio, para Rovana, significa sair de casa, ir a qualquer lugar que não seja o caminho da rotina, correio, escola, banco, hospital, feira, sacolão. Com o seguinte acréscimo: é preciso comer alguma coisa, porque não há passeio sem lanche. Preferencialmente batatas fritas. Mas o fenômeno de aceitação da técnica do passeio é coletivo. Desde que começaram a entender o mundo, os irmãos sabem que passeio faz parte dele. Pescar camarão de água doce com peneira, no riachinho da fazenda do Carlomagno, é passeio. Nadar no rio pedregoso perto da represa de Cachoeira Paulista. Tirar leite de vacas na fazenda do tio Carlos Fontes. Assistir a TV na casa da Tia Marcianinha. Visitar a tia Norinha, em Itajubá. Fazer compras no supermercado (Judá, muito grandalhão e muito infantil, ao ser informado que era dia de compras, trovejava: *"Oba! Compá cumida!"*). Tomar sorvete na praça (Júnia comparece a cada três ou quatro páginas dos diários de Rovana, tomando sorvete). Assistir a peças no Teatro do Taib, no Bom Retiro ou no Teatro do Sesc, na Avenida Paulista (Judá vivia pedindo para ir ao *tinhato*). Acompanhar a mamãe nas exposições de folclore que promove como parte do seu trabalho de educadora. Ajudar o papai a fazer fotos de casamento. Ver espetáculos musicais no Ibirapuera. Dançar carnaval (*tavão*, em "judaico"). Ir de ônibus para Guaratinguetá, Cruzeiro ou Lorena. Ir almoçar na minha casa, em São José dos Campos. Visitar as tias-professoras na Apae. Ir levar um bule de chá quentinho para a mamãe, no intervalo das aulas, no colégio estadual Severino Moreira Barbosa, onde lecionava. Passeio é tudo isso – e melhor ainda se houver batatas fritas. Mas também serve sorver um sorvetinho...

Passeio equilibra, revigora, melhora o humor, faz o cego cobrar a vista, o aleijado voltar a andar, o triste ficar menos triste. Cura calo, coceira, preguiça, até dor de barriga. Ninguém briga em dia de passeio. É uma doçura, uma civilidade que só vendo!

Beleza de invenção, essa.

Por outro lado, a maior punição que se pode aplicar a alguém é privá-la do passeio. *"Mãe, se o Olavo não acabar de varrer a cozinha primeiro, a senhora não leva ele pra passear, né?" "A Lúcia é muito chata! Eu não quero mais passear com ela!"*

Achou que estava aplicando uma punição.

CAPÍTULO 11

1978, um ano difícil

A 3 de agosto de 1978, Rovana fez 18 anos. Ficou muito alegre com os presentes: uma camiseta que ganhou da madrinha Laura, um pacotão de bombons de chocolate da tia Júnia Silveira Gonçalves. Esparramou chocolate para todos e depois foi passear na praça. Faz parte de suas reminiscências:

"Eu sentada no banco, sozinha, e olhei a estrela do céu. Eu queria ser estrela. Eu não fui batisada e nem minha primeira comunhão. Fui no meu quarto e sentei na cama e chorei um pouquinho."

Rovana tem fascinação pelos astros. Em noites estreladas, principalmente as de inverno, de céu límpido, com a Via Láctea cintilando, contempla demoradamente o carreiro das estrelinhas mais brilhantes.

Suas preocupações talvez pareçam pequenas, para nós que as temos de outras espécies. Fica matutando sobre os seus dentes e comenta: "O meu dente ficou amarelo quando eu nasci." Seus dentes nasceram sem o esmalte. Eram apenas uma polpa, a dentina, sem resistência alguma para a mastigação de alimento duro. O problema foi resolvido com jaquetas odontológicas aplicadas pelo meu amigo José Garófalo.

Outra preocupação de Rovana eram os olhares do motorista, que costumava fazer o trajeto do ônibus no horário em que ela ia para a Apae. Começou a reparar que o motorista olhava para ela. Depois ele desapareceu, mudou de linha ou saiu da empresa, sabe-se lá. Então ela anota cuidadosamente no diário: "*Acho que ele tenha falta de mim.*"

Mamãe assumiu função de membro do Conselho Estadual de Folclore e seguia para São Paulo toda quarta-feira, para reuniões no Museu da Casa Brasileira. Inezita Barroso era sua colega no conselho. Foi um ano cheio de trabalho, mamãe na coordenação de uma série de exposições folclóricas organizadas com apoio do Sesc em cidades do Vale do Paraíba, litoral norte, litoral sul e Vale do Ribeira. Quando as exposições estavam em cidades próximas, como Guaratinguetá, levava Judá e Rovana, que encaravam a oportunidade como passeio. Rovana escreve: "*Paramos no Ginásio de Esportes, tem quanta coisa de folclore! Eu vi muita coisa lá, é tão bonito, gostei! Foi muito bacana de passeio!*"

Mamãe lecionava em duas escolas estaduais, em Cachoeira Paulista, e ainda encontrou tempo de fundar a Guarda Mirim da cidade. Cedeu uma sala de sua própria casa como sede da entidade e é ela quem atribui tarefas, orienta o treinamento de datilografia e arquivo e ainda negocia colocação dos meninos como office-boys e auxiliares em empresas da cidade.

Rovana tem suas obrigações, fazem parte da pedagogia caseira. Cabe a ela manter a sala da Guarda Mirim limpa e arrumada. Dá milho para as galinhas. Lava o banheiro e tira o lixo, varre a casa e é responsável por estender a roupa lavada no varal. A lavagem da roupa fica por conta de Judá, que essa obrigação é dele.

Rovana tem a tarefa intelectual de ler livros e escrever diários. Judá, cuja limitação não lhe permitiu aprender a ler, é incentivado a desenhar carros, sua paixão, e a ler histórias em quadrinhos, os gibis.

Outra iniciativa da pedagogia pragmática doméstica é criar animais de algum porte e boa índole. A proximidade com cabritos ou bezerros é saudável para Judá e Rovana. Os dois são encarregados, e se alegram com isso, de alimentar e cuidar dos bichos. Fazem a limpeza do curral diariamente. São muito disciplinados em suas tarefas. Nesse ano, são dois boizinhos sendo criados na chacrinha. Batizados, como sempre, por mamãe e Júnia: um deles, Shakespeare, o outro Chico Bento.

Nesse 1978, Rovana briga muito, chora muito e se queixa continuamente. Realmente, não há muito que fazer. Não há escolas especiais. A Apae é apenas paliativo, mais um pretexto para viajar todos os dias para sociabilização. Claro que não mantemos muitas esperanças, mas certo traquejo social seria bem vindo. Torcemos para que Rovana faça uma ou duas amigas, que dez ou doze vocábulos sejam acrescentados ao seu glossário de palavras conhecidas, mas conhecidas mesmo, para uso. Isto já seria gratificante. Para tentar apressar o processo, mamãe passou a levar Rovana, uma vez por semana, para consulta com uma fonoaudióloga. Rovana registra no diário que a professora vai ensiná-la a falar direito e que vai continuar aprendendo, para poder ser atriz.

Mas começam a acontecer algumas coisas inesperadas.

Houve uma festa na Apae, seguida de reunião de pais e mestres. Lá estavam mamãe e papai. Então a Marlene, professora da Apae, com um sorriso, fez uma crítica:

– Você, Zizinho, você, Ruth, não acham que estão sobrecarregando a Rovana? Ela chega tão cansada aqui que não tem coragem de trabalhar em nada. Nem como copeira temos coragem de cobrar os serviços dela. Coitadinha...

– Ah, é?! Coitadinha? Pois em casa ela deixou de ajudar no que quer que fosse, não faz mais nada, porque deu a entender claramente que faz tanta coisa aqui na Apae que chega em casa arrasada.

Foram muitas as risadas.

– Então, nem lá nem cá!

Depois da festa acabada, mamãe ficou com a pulga atrás da orelha. E escreveu um texto a respeito do assunto:

"Onde a Rovana aprendera uma artimanha dessas? O que é que a gente já nasce sabendo? Em casa, temos nossos defeitos, como todo mundo – apenas não mentimos, não temos o hábito de dizer palavrões, não temos nada a esconder e conversamos livremente diante das crianças, sem subentendidos e sem alusões maliciosas. Até quanto Rovana percebe? Até quanto aprende conosco?"

Resultou de tudo isso que Rovana passou a trabalhar nos diversos serviços leves, caseiros, tanto na Apae como em casa, incluindo esfregar as pequenas peças de roupa, varrer, tirar o pó, lavar a louça, fazer as camas. O vocabulário dela cresceu enormemente com isso, tanto no concreto como no abstrato.

Ah, sim. Rovana agora conhece conceitos abstratos. Sabe o que é medo. Fala em medo de cair. Parecia que estava estabelecida uma linha de progresso que não seria interrompida.

Há um registro em 12 de novembro, uma espécie de sonho de futuro:

"Ai mudei de idéia. Eu não vou mais estudar em Lorena. Vou estudar em Guará. Vou aprender coisa lei." Uma sopro de inclinação, no sentido da advocacia?

Rovana ficou assustada com o acidente que sofri.

Ah! Hoje o Joaquim trouxe o carro dele, e está quebrado. Porque foi no dia 8 de setembro, o quim saiu de manhã, ele voltou pra casa às 10 horas da manhã. O Joaquim machucou braço, mão, boca. Ele bateu o carro, porque o jovem andou de bicicleta, ficou na frente do carro e virou e bateu, o jovem está ferido e foi na Santa Casa.

No diário, em setembro de 1978, ela escrevia que a Júnia fazia a comida na ausência da mãe, que está fora, trabalhando. *"Eu não faço porque não sei fazer comida, não aprendi nada. A mãe não me ensina nada."*

Rovana foi arrumar a cozinha e um prato ensaboado lhe escapou da mão, ricocheteou, bateu na beirada da pia, e acabou cortando o dedo dela. Eram pratos bonitos de porcelana, grandes, maiores do que o comum, mais ou menos como pratos de bolo, brancos, com um friso dourado e as nossas iniciais entrelaçadas. Pois Rovana foi à pilha dos onze pratos restantes, pegou prato por prato, quebrou todos. A mãe tentou se convencer de que os motivos da filha tinham sido evitar que alguém cortasse os dedos, por sua vez. Que tinha sido mau impulso. Que ela já estava arrependida. Que não tinha havido maldade no gesto, apenas um pouco de infantilidade.

No meio de seus amargores e queixumes, teatralmente dramáticos, há relatos de fino humor. Depois de uma cirurgia no intestino, recuperava-se em casa. Um belo dia, escreveu: *"Eu chorei porque todo mundo está rindo na minha cara, que eu faço andando na bunda"*. (Queria dizer que, por causa da cirurgia, andava rebolando.)

De vez em quando entra em depressão e é uma litania. Não tem amiga, diz ela. Não tem namorado, diz ela. Está sempre triste e sozinha, diz ela.

"Entrei no meu quarto, chorei um pouco. Ai de mim! Fiquei feia. O meu cabelo curto ficou feio também. No baile não dancei com nenhum rapaz, só com o Judá meu irmão. Nunca mais vou ao baile. Ai de mim! Fui no quarto da mãe, falei pra ela que não gostei do baile. Guardei o colar na gaveta dela. Sou muito infeliz. Nunca mais vou lá, nunca mais!"

No outro dia, já não estava tão infeliz. Saiu de casa e ficou esperando do lado de fora a irmã. Tinham ficado sozinhas e estava na hora da escola. Júnia fechou a casa por dentro, com os trincos, pulou a janela da cozinha para fora, encostou cuidadosamente a janela e foram para o ponto de ônibus. Júnia vai para a Escola Luís Roberto, Rovana para a Apae, as duas em Lorena. Lá, Rovana encontra a amiga Abigail, conversam, tomam picolé. À saída da escola vai para a casa da Abigail. Ligam a vitrola, dançam. Esqueceu completamente a sua queixa de que não tem amigas.

Aliás, queixa-se disso frequentemente. Mas é possível listar, nos diários referentes a 1978, 1979 e 1980, visitas quase semanais de ou para Abigail e um rol de pelo menos outras cinco amigas constantes: Lúcia, Zélia, Yáscara, Celinha, Fátima.

Rovana está um pouco dependente da Júnia, mas às vezes briga com ela.

– Fui no quarto da Júnia, aí ela me chamou de bruxa, duas vezes. Eu gritei nela e xinguei nela. Ela começou a brigar comigo. E brigamos e paramos e falamos e brigamos outra vez. Fiquei com raiva dela, não ligo mais dela. Ela é uma onça!

Depois do desabafo, parou de chorar e foi ler gibi.

Uma ocasião em que ficou sozinha, por pouco tempo, em casa, Rovana conta que ficou "com cara raiva", apagou a luz, foi para o quarto e chorou. *"Eu não quero e não quero ficar sozinha. A mãe me convidou pra sair. Não vou. Porque elas me deixaram sozinha."* Fala da mãe e da irmã Júnia, que em seguida voltaram. Deixou-se convencer, afinal, trocou de roupa e saiu. Foram à padaria. Na volta, a mãe levou uma sacola de pão. No caminho, a sorveteria. Rovana chupou picolé de coco. Passaram em casa, um pouquinho, só o tempo de deixar o pão e em seguida foram até a Quadra Coberta de Esportes (em maiúscula porque é o título do local, dado pelos frequentadores), onde visitaram uma exposição de selos e assistiram a um jogo de vôlei. *"A Júnia sentou no banquinho que nós levamos de casa, e eu sentei no colo da mãe."* Depois ainda houve um teatrinho que Rovana apreciou muito. Sabemos disso porque ela comentou: *"Que gozado!"*

Mas as coisas com Rovana ainda não tinham se acertado nem com o passeio, nem com a compra na padaria, nem com os sorvetes. Também ter assistido à peça de teatro não colaborou definitivamente para firmar a paz. Rovana ainda conta, nas páginas que escreveu no diário, logo depois, que está muito triste.

— Não conversei mais com a minha mãe, porque ela sempre me chateia e me dá arrepios.

Note-se que o vocabulário utilitário vai se expandindo. O comentário sobre os arrepios é novo, e não aparece em escritos anteriores. Rovana evolui, no aprendizado, a cada dia. Tem uma vontade férrea de aprender. Cada palavra ou expressão que incorpora torna-se modismo, nos registros dos diários. Em agosto/

setembro de 1978 mostrava predileção por "a pouco minuto", forma de expressar passado recente.

Nem tudo é triste, no entanto, no reinozinho de Rovana. Relata em 7 de novembro: "*Eu pedi pra mãe me dar um pedaço salsicha, ai, o Judá vem começando pegar o meu salsicha eu peguei e corri, e fiquei risada e parei, que engraçado é o Judá!*" No dia 12, isto: "*Eu e a Júnia olhamos os carros e escrevemos os números, que perdemos ou ganhamos. Ela é azul e eu verde. Ela ganhou, eu perdi.*" No mesmo dia: "*Eu, mamãe e Júnia brincamos de escrever papel.*" E, no dia 13: "*Chegamos no Clube Literário. Sentamos na cadeira e ouvimos as músicas. É o maestro Eleazar de Carvalho. Ele veio aqui foi a primeira vez. Aí parou e fomos autografar a moça.*" Dia 14: "*A minha mãe me acordou pra nós vamos nadar na represa.*" Adiante: "*Eu e a Júnia e Judá fomos em Lorena e assistimos filme. Ai eu ri bastante, que engraçado! O filme chama-se Os velhos tempos de Gordo e Magro.*"

Cena que ela achou muito engraçada:

"*O Judá estava brincando comigo e de repente correu, tropeçou, caiu no chão quase vai bater na cabeça da máquina de lavar roupa e derrubou leite, aí eu fiquei risada.*"

Numa tarde de domingo, na sala, Rovana resolve dançar. No diário, relata assim o espetáculo que apresentou: "*O Judá, Joaquim, Júnia e Olavo estão brincando e conversando. De repente ficou silêncio porque eu estava dançando. Depois acabou a música e sentei. Todo mundo bateu palma pra mim e fiquei contente.*"

Gostou da história. E passou a fazer seus showzinhos. Imitava os trejeitos das dançarinas de programas de televisão, jogava os cabelos. Animava-se mais quando tocava uma canção da época da Jovem Guarda, programa da TV Record cuja estrela era Roberto Carlos, mocinho bem comportado, de cabelos longos e uma grande turma de amigos que Rovana passaria o resto da vida enumerando, acompanhando pelas revistas espe-

84

cializadas em fofocas de celebridades. Nem sempre contava com a boa vontade dos irmãos, porque em geral se metia a fazer a sua performance bem diante da televisão. E lá vinham os berros de sai da frente, ô! Sentava-se, contrariada, reclamava que ninguém gostava dela, mas não passava muito tempo para que ficasse acesa de novo e saísse a bailar os seus passos de Jovem Guarda.

Nesse período, já havíamos identificado que o convívio de Rovana e Judá com crianças portadoras de síndrome de Down, na Apae, não contribuía para o desenvolvimento deles. Ao contrário, havia grande risco de regressão. O alerta foi dado por médicos diferentes. Que remédio? Os dois foram tirados da escola e a família procurou maneiras de promover aprendizado em casa. Mas foi-lhes permitido visitar os colegas e professores, quando quisessem. Até porque tinha sido feito um acerto semanal com a fonoaudióloga paulistana, que atendia na Apae. Houve melhoras sensíveis na comunicação de Rovana, graças ao acompanhamento e orientação da profissional. Mas o coraçãozinho dela, tomado de angústias, não melhorava.

Estávamos em novembro de 1978 e a alma de Rovana era um tormento. Ela perguntou: *"Por que eu sou assim?"* E depois acrescentou: *"Por que eu?"*

É melhor que ela mesma conte.

Fui dar uma conversa com o Olavo e brigamos outra vez. O Judá me segurou e a mãe também. Sentei e chorei bastante. Ela quer me dar remédio. Eu disse não quero outra vez. A mãe sempre me chateia e sempre tem raiva de mim. Todo mundo tem. Eu não aguento mais. A Ângela [esposa do irmão Marcos] me segurou para eu me acalmar. A mãe me deu dois comprimidos. A Ângela me levou no quarto, deitei, ela ficou um pouco perto de mim, me beijou no rosto e foi embora. Chorei de tristeza outra vez. Eu não aguento mais isso. Estou tão triste demais. Eu não gosto do

Olavo. Ele é ruim e convencido. Eu chorei mais. A mãe veio, comi docinho e a mãe me deixou escrever a máquina.

Numa discussão por causa de canais de televisão – cada qual queria ver um programa –, Rovana disse que só não deu um murro na cara do Judá porque o pai ia ficar zangado. Então, que fez ela? Arrebentou o varal de roupas do quarto dos fundos, usado nos dias de chuva. A Júnia exclamou:

– Ê, Rovana!

Ela gritou de raiva:

– Agora a Júnia que pegue toda a roupa do chão!

Tem ciúmes do diário.

"Eu estava arrumando cozinha. Eu vi o Judá ele vai escrever neste meu caderno. Ai gritei 2 vezes o nome dele. Corri de repente. Ele empurrou a mesa e empurrei também e gritei."

O Judá é seu amigo, mas ela não sabe. Eles conversam, na língua deles, e lá se entendem. Brincam de jogar karatê. Ela corre bastante e ri. Ela pediu que a mãe lhe desse um pedaço de salsicha [isto é, uma salsicha inteira]. O Judá finge que vai pegar um pedaço. Ela corre, dando risada. Quando para, risonha e ofegante, comenta, deliciada: "Que engraçado, o Judá!"

Quando ela não está de veneta, ri bastante e o Judá também.

O passeio predileto de ambos era no Clube do Quilombo, um clube de campo chinfrim, que aproveita o curso d'água encachoeirado de um rio de seixos rolados, pedregulhento, formando espuma na correnteza pouca. A merenda, a mais simples e a mais econômica: ovos cozidos, laranjas, galinha assada, pão com manteiga, dois guaranás grandes. Não temos carro. A gente vai de ônibus até certa altura, depois é um estirão a pé. Na ida, vai-se conversando, cantando, apanhando florinhas silvestres, correndo uns atrás dos outros, apostando corrida. Na volta, outros galos cantarão. A água encachoeirada, as pedras, a agitação do dia, o sol quente na cabeça, mastigar o dia inteiro, tudo isso dá uma canseira! Até chegar ao ponto do ônibus, para driblar o cansaço, a cantiguinha chata, com música que seria tocada numa corda só:

Cunha, cunha, cunha
Cunha, cunha, cunha
Cunha, cunha, cunha
Cunha, cunha, cunha
Cunha, cunha, cunha
Cunha, cunha, cunha
Cunha, cunha, cunha
CUNHA!

E recomeçamos, até alguém gritar de puro desconforto.

1978 também foi o ano em que Rovana descobriu Elvis Presley, morto um ano antes. Há, nos seus primeiros quatro diários, pelo menos vinte referências ao cantor norte-americano. Entre outras, "lindo", "charmoso", "famoso". Praticamente as mesmas coisas que ela quer ser, quando virar atriz.

CAPÍTULO 12

Devaneios românticos

O assunto namoro é recorrente. Relata que conversou com a mãe e avisou que ia "arranjar namorado até três anos": *Senão fico solteirona, vou ficar triste até um ano.*

Rovana registra, a partir de 5 de março de 1979 e em vários outras anotações ao longo do ano, o nome de um certo Joaquim Leitão.

"Ontem eu não conseguia dormir. Porque eu pensei muito em Joaquim Leitão, lembro que ele quis namorar comigo. Ele conhece a minha mãe. Eu Pensei muito e sonhei ele. Quando ele estivesse ao meu lado e quer ser meu namorado. Eu adormeci e sonhei em Joaquim Leitão, fiquei feliz de ficar ao lado Dele, é só isso!"

Também há observações instantâneas, como esta: *"Ai vi a bicicleta que o rapaz está andando, ele me olhou e sorriu, eu olhei ele também, eu ficava um pouco contente, ele é loiro, alto, olhos castanhos. Eu estava pensando 'que ele me encontrar de novo.'"*

Uma outra, cheia de idealização: *"A Celinha contou pra ele de mim e mostrou a minha foto pra ele. Ele me achou bonita e quer namorar comigo, quer me conhecer, ele vai me ver no Clube Literário e vai me piscar no olho. Ele é loiro, olhos azuis, alto, 17 anos. Quando ele for no Clube Literário, me olhar, me seguir, me pedir namorar, me pedir dançar? Isso eu vou cair de desmaiar, oh!"*

Ela fantasia namoro. Imagina que os rapazes gostam dela, bastando para isso que olhem para ela um pouco mais. Compreende-se. Tem 18 anos, o corpo pede. Mas ela não sabe o que é namoro. A mãe, tão sábia e tão competente na pedagogia, no ensinamento, na maternidade, não soube explicar-lhe as coisas do coração. Ao mesmo tempo a mãe é confessadamente antiquada e não lhe parece bem conversar com a filha sobre as coisas do corpo. O reflexo disso é que Rovana é pudica ao extremo, com rompantes moralistas ao ver, por exemplo, uma cena mais picante em uma novela de televisão.

Essa postura radical é repetida na rotina da vida diária. Encasquetou que o horário do café da tarde é às quatro. Não importa que tenha almoçado às duas – às quatro está providenciando o chá mate com leite com pão e manteiga. Rovana é que se convencionou chamar, em Cachoeira Paulista, de uma pessoa sistemática.

Muito repetidamente aparecem referências a "jantei duas vezes", "comi duas bananas", "chupei laranja, duas", "escrevi duas cartas", "já assisti dois filmes". Mas não tem cabala alguma nessas alusões ao binário. Apenas reforçam a ideia de quantidade, para respaldar a noção de que aplica esforço a cada coisa que faz. Duplicar é intensificar, no pensamentinho dela.

Marcos faz a seguinte observação:

"A Rovana, graças a Deus, não se apaixonou. O Judá sim, teve uma paixão e acabou regredindo por causa disso. Sofreu muito, ficou ansioso e a decepção fez com que ele passasse a se portar como criança, de novo. A Rovana não teve esse problema, tanto que evoluiu mais do que o Judá."

Explica-se esse 'graças a Deus'. Marcos acompanhou a paixão de Judá por uma jovem, funcionária do sacolão, loja de hortifruti. Já passado dos trinta, mas com idade mental reduzida, corpulento e bonitão, sem traços de deficiência no rosto e nos gestos, ele chamou a atenção da moça. Com certa inconsequência, ela passou a chamá-lo de namorado, criou expectativas. Inocente em questões de amor e de sexo, ele deixou-se levar. Entusiasmava-se. Levava flores para ela, mas não tinha noção de realidade, de que para ela era uma caçoada brejeira somente. A moça se casou, um dia, e Judá não suportou. Entrou em profunda tristeza, num desvario que deu o que fazer para controlar. Precisou passar pelo psiquiatra.

Marcos acha que ter um sentimento e não saber identificá--lo foi o mais delicado para o Judá. Por isso acredita que tenha sido bom para a Rovana não se apaixonar. "Ela sempre quis namorar", diz ele. "Mas sempre vê as coisas de um modo bem prático. Não pensa em aceitar namorado que não seja bonito, rico e famoso, talvez um devaneio parecido com o que ela vê em televisão."

Rovana, já se vê, é vaidosa.

Marcos engana-se, porém. Rovana teve uma paixão. Mamãe conta do encanto dela pelo Anderson. Eu cheguei a conhecer esse moço, que passava algumas horas do dia fazendo para minha mãe trabalhos de secretaria. Na verdade era um penitenciário cumprindo um resto de pena em regime semiaberto. Tinha sido condenado por tráfico de drogas em Minas Gerais, para onde se bandeou ao ser expulso de casa, no Rio de Janeiro, pelo pai, um general de exército. Para poder usufruir do benefício do regime, tinha que provar ter emprego. Mamãe, nessa época, precisava de um assistente para botar em ordem os seus rascunhos datilografados e Anderson prestava-se muito bem à função. Pois, educado, atencioso, com o ar calmo de quem tem tempo, Anderson dava atenção a Rovana e ela entusiasmou-se por ele. Mamãe percebeu depressa. Chamou Anderson para uma conversa e pediu que ele explicasse para Rovana que era casado. Ele fez isso, com cuidado. Rovana ouviu, prestou bem atenção e afastou-se dele. Nunca mais falou em namoro, nunca mais se aproximou do rapaz. Ela tem posições radicais para questões de moral. Incrustou certos valores que não abandona. Mamãe às vezes se pergunta como teria ensinado à filha essas atitudes.

Não muito tempo depois desses acontecimentos, levei minha namorada Conceição para conhecer a família. Rovana observou bem tudo o que viu naquele dia e fez uma síntese apreciativa. O comentário, certo modo, revela algo da maneira de se comportar diante de relacionamentos afetivos:

"Depois o Joaquim e a Con vieram. Eu não abracei o Joaquim porque tem gente pra abraçar. Fiquei contente de conhecer a Con, como ela sabe meu nome! E como ela me viu no meu rosto, acho que o Joaquim mostrou o retrato meu pra ela. A Con deu presente pra mim e pra Júnia e pra mãe. Ganhei um boneco é escrito meu nome, fiquei muito contente. Eu disse 'obrigada' a Con e dei 3 beijos (pra casar!), ela disse 'que nada', gostei da Con. O Judá disse que o cabelo dela era comprida e ficou curta. Depois almoçamos. O Joaquim lavou louça, a Con enxugou louça, eu guardei louça."

Nessa visita, levamos uma amiga, Rose Cabral – depois Rose Ho, por causa do marido chinês –, que se corresponderia com Rovana pelo resto da vida. Será que a identificação inicial com a Rose pode ter sido o fato de a moça, como ela, à época, não ter namorado?

No dia 30 de março de 1980 há uma confissão romântica:

"Sentamos no banco e quando eu olhava todos os namorados que estão beijando, mas eu tive vontade de namorar e beijar nunca beijei isso. Mas gosto de olhar quem está beijando. E voltamos pra casa.".

Mas, quatro linhas abaixo, há um complemento, como que suscitado pela reflexão sobre os namorados:

"Quero dizer uma coisa: lá em Guaratinguetá, quando nós fomos no Museu Conselheiro Rodrigues Alves. Eu ficava sozinha e olhando as pessoas. O rapaz de olhos azuis e cabelos loiros e me

olhou sem parar e me sorriu e aí ele foi embora, que pena! Não vi mais ele, ai fiquei olhando e procurando ele, ele sumiu. Fiquei mais ou menos triste! Eu achei que ele é tão bonito."

De qualquer modo, diferentemente de Judá, parece que Rovana conseguiu sublimar a questão sexual. Nunca indaguei muito de minha mãe a respeito desse assunto, porque ela tem os seus conservadorismos e isola dos filhos homens os assuntos femininos. Uma vez, em que me atrevi a questionar, já na década de 80, porque minhas irmãs ainda usavam toalhinhas, quando havia absorventes baratos e de boa qualidade no mercado, olhou-me com gravidade por sobre as lentes dos óculos e comentou, inconformada: "O que é que essas meninas andam ensinando pra você, na rua?"

Uma página solta, sem data, mostra uma tentativa de poesia na vida de Rovana. Decerto juntou idéias, algumas lidas aqui e acolá. Não há aparente conexão entre os pensamentos, mas parece ter havido intenção de construir mensagens bonitas, de fundo poético. Há algo de intuitivo no texto. Notem-se, por exemplo, os diminutivos, que pretendem emprestar noção de doçura e de delicadeza às coisas. Mas, de abstração, mesmo, metáforas, Rovana ainda não é capaz. O texto, quando parece que vai deixar o pensamento escapar para altitudes e profundidades, alicerça-se de novo em temas bem terrenos, do dia a dia, como o agasalho que protege do frio e a indefectível e inescapável ideia de que o máximo de poesia, na vida das pessoas, é um bom passeio, uma boa viagem:

"*Cadê o sol que abandonou a gente, as árvores, os animais etc...*

Não, não abandonou, está bem a frente da nuvem, pra não deixar o céu aberto, o tempo está mais frio nesta manhã, cada dia mais friozinho nestas horas.

Chuviscinho [chuvisquinho], *cada um pouquinho mais!*

Senti e não sentir assim, que não tivesse agasalho.

O tempo passa tão depressa, é como relógio, em volta do planeta Terra.

O outono, o inverno, a primavera e o verão, cada estação do ano, de 3 em 3 meses.

Nunca vai parar, tem gente que gosta das estações, não te importa mais assim!

O importa é aproveitar, trabalhar, divertir, descansar e viajar!

O sol aparece as vezes, vai embora, nasce o novo sol o novo dia amanhecer.

No momento, na vida, na natureza, na floresta, no mesmo momento do pensamento.

A nova história da vida inteira, é saber de sobreviver, da sabedoria"

Sobre menstruação, Júnia precisou aprender e ensaiar para então explicar a Rovana. Júnia relata, sobre esse tema: "A mãe não costumava explicar as coisas pra gente. Então, Rovana ficou com muito medo, quando menstruou, achando que estava doente. Todas as vezes que sangrava, achava que tinha se machucado. Quando eu tive idade pra ficar menstruada também – e aí eu estava na escola para entender o ciclo humano – sentei ao lado dela, com o caderno, e fui explicando como era. Ela aceitou, especialmente pelo fato de entender que aquilo acontecia com todo mundo. Aí ficou tudo bem."

Talvez por causa de devaneios, Rovana é desligada. Não presta atenção a nada. Por isso pisa em buracos, tropeça em obstáculos, chegou a atropelar um poste.

Perguntar algo a ela implica receber resposta absolutamente incongruente, se ela não estiver num momento de concentração no assunto abordado.

CAPÍTULO 13

Rovana, segundo Marcos

Marcos, nascido dois anos depois do Judá e um ano antes de Rovana, é o mais prestativo dos irmãos. Tinha sido menino miudinho, muito chorão, de um choro agudo, verdadeiro apito. Cresceu em meio às mudanças que a família foi obrigada a empreender, para São Paulo, para Suzano, depois de volta para Cachoeira Paulista. Ali, onde foi preciso que permanecêssemos mais longamente por causa do clima seco e quente que favorecia a saúde de Juca, com sintomas já alarmantes de doença renal, entregou-se à meninice com os amigos de escola. Praticamente fugia de casa para jogar futebol no campinho do Silvino. Por lá deixava os óculos, que os médicos mandaram usar com uma das lentes tapada, para correção de um desvio oftálmico. Pobres médicos, só descobririam muitos anos depois que, na realidade, Marcos tinha mesmo era uma cicatriz no olho esquerdo, possivelmente causado por um espinho, que lhe dificultava a visão. No período de que falamos aqui, era ele quem estava mais tempo junto dos irmãos, em razão do trabalho dos pais e dos meus compromissos na assistência da casa. Habilidoso, Marcos inventava brinquedos, construía balanços, arrumava coisas quebradas. Paciente, bem-humorado, embora explosivo às vezes, era companheirão dos irmãos deficientes. "A gente sempre tratou o Juca, Judá e Rovana como gente que só tem um problema de linguagem. A única coisa que fazemos de diferente é o jeito de falar, porque sabemos que eles têm dificuldade de entender e de se comunicar", comenta Marcos. "Até as artes que aprontavam eram de crianças normais."

Quando Rovana nasceu, Marcos tinha um ano e meio. Não teve muito tempo para aproveitar o colo da mãe, porque a recém-nascida prematura exigia atenção integral. Além disso, sem força para mamar, Rovana demandava esforço extra. Mamãe tirava leite do peito e servia-o em conta-gotas na boquinha da menina. Sem ter o que fazer com o que sobrava, aleitava duas crianças recém-nascidas que as mães tão secas quanto agradecidas levavam diariamente para ela.

Marcos não tem recordação alguma da infância remota com os irmãos, muito menos com Rovana. Com algum esforço consegue retroceder a 1965, quando a família obteve a glória da primeira televisão, uma ABC "A voz de ouro", envolta em madeira polidamente brilhante. Mas mistura datas com frequência. Relata poucos eventos de 1969, como o fato de os irmãos mais velhos estudarem à noite e ele ficar em casa com os menores, vendo televisão juntos, às vezes visitando a casa do vizinho da esquerda, Walter Passos, ou da direita, Roberto Bressan, na Rua F do conjunto habitacional Brasílio Machado Neto, bairro então conhecido como SESC, em Suzano. "A Rovana, nessa época, era pequenininha, né? Eu não me lembro dela nas brincadeiras..."

Lembra-se com mais clareza do que ocorreu especialmente em 1968, quando tinha nove anos de idade, em Cachoeira Paulista. "De tarde, eu pegava o Juca, o Judá, a Rovana e a Júnia e a gente ia ver televisão na casa da tia Zilá Porto, que era madrinha do Judá. Quando a gente voltava, já estava anoitecendo. A Júnia dormia e eu trazia ela de colo."

O ano de 1968 ficou marcado pela divisão forçada da família. Com os primeiros sintomas de nefrite, Juca precisava de clima quente e seco. A cidade de Cachoeira Paulista, onde ficava a

chácara ancestral herdada do velho Botelho, nosso bisavô, antigo guarda-chaves da Central do Brasil, era asilo ideal. Ruth ficara em São Paulo, lecionando em escolas particulares e dando expediente de algumas horas semanais na Editora Cultrix, como redatora. Com ela permaneceram os dois filhos mais velhos, Marta e Rubinho, ambos na escola e com os compromissos próprios da adolescência. Papai Zizinho, que podia trabalhar em casa, como fotógrafo que fora desde sempre, dispôs-se a ficar com o restante da prole. Era um zero à esquerda, na cozinha, porém. Por isso eu tinha sido destacado para juntar-me à comitiva e administrar a casa. Ocupado com a escola, pela manhã, e depois com a feitura do almoço, louça, limpeza da casa, compras, dever de escola, não tinha grandes oportunidades de participar das brincadeiras dos irmãos. Marcos chegaria a afirmar, mais tarde, que não se lembrava da minha presença na casa, naquele ano de 1968.

Há uma explicação de fundo psicanalítico para essa memória pobre. Ao nascer Rovana, Marcos perdeu o colo e perdeu o peito da mãe. Era um menino quieto, reservado. Chorava muito, mas não se queixava. De certo modo, parece que intimamente rebelou-se contra a situação, bloqueando as lembranças do período em que a irmã Rovana, carente de tudo – altura, peso, audição e voz –, tomou-lhe o berço e a atenção. Aos sete anos, Marcos fugiria de casa. Encontrado depressa, foi levado de volta, sem resistência. Nem sabia direito que havia fugido. Era uma revolta tão surda-muda quanto tristonha.

Ruth analisa o filho, em 2009: "O Marcos introjetou esse caso. Não ficou brigando com a Rovana, nem ficou brigando comigo, porque era um menino quieto. Eu tinha preocupação demais com a Rovana para dar atenção pra ele. Fugiu de casa e isso mostrou o quanto ele estava tocado. Ele não estava sentido, não; estava contra, estava protestando. E ele conservou essa postura de ser contra, até hoje. Está contra a vida dele."

De fato, Marcos não se lembra da infância, porque prefere não lembrar. Mas ele não sabe disso.

CAPÍTULO 14

Resgatando lembranças

No diário de número 11, sob a data de 26 de maio de 1980, Rovana parece ter encontrado um velho diário de quatro anos antes, e resolve transcrever trechos que lhe pareceram dignos de guardar. Começa com um preâmbulo assim: *"Olá, diário, eu quero dizer uma coisa assim vou escrevendo neste caderno que você vai ler que foi em 1976 que eu escrevi. Assim estou escrevendo."*

Vamos ao relato.

Dia 17 de julho de 1976
Nós vamos para São Lourenço.
Lá é muito bonito.
Hoje é dia 12, segunda-feira.
Nós vamos sábado para lá.
Nós vamos ficar dois dias lá.
Nós vamos nadar, andar de barco, andar a cavalo e outras coisas.
Vai toda família menos o meu irmão abaixo do mais velho. Ele nunca foi lá e nunca quer ir. Bem, por hoje é só.

Dia 18 de julho de 1976
Ontem, eu andei de "polvo", foi muito divertido.
Minha mãe comprou um ponche pra mim muito bonito.
Ela comprou pra Júnia, mas ela não quis.

Ontem meus irmãos foram andar a cavalo.

Eu fui em Soledade e fui passear dei volta e fui no bar beber guaraná. E voltei pro carro para dormir.

Depois de manhã voltei para São Lourenço, minha mãe e meus irmãos foram feira e eu tomei conta do carro.

Meus irmãos Olavo, Judá, Júnia e Joaquim compraram chapéu todo de veludo.

Eu tinha um vermelho que meu pai me deu quando eu era menor.

Hoje minha mãe foi no Parque das Águas. Ela precisa beber água vechi etc, etc...

Eu tomei conta do carro de novo. Meus irmãos Júnia, Olavo, Judá foram andar de autopista. Eu não fui, eu dei Cr$ 100,00 pro

meu irmão e ele me deu troco fui andar de autopista e aí que eu
meu irmão também andamos. Depois eu pulei no balão é muito
gostoso. Meu irmão comprou sorvete pros meus irmãos.
Eu não posso tomar sorvete, porque estou resfriada.
Voltei pro carro e nós fomos embora.
Eu fui passear em Pouso Alto. Minha mãe comprou um quei-
jinho.
Eu fui passear em Passa Quatro. Lá meu irmão mais velho e
minha mãe foram conversar com o Dr. José Morais. Eu voltei pra
casa para dormir.

Dia 25 de julho de 1976
Eu fui passear em Aparecida.
E tomei lanche.
E fui passear em Lorena, na casa do meu tio. Já leu bem,
diário!
Faz tempo que eu escrevi isso.
E hoje eu já trabalhei um pouco, eu recebi as cartas da Veri-
nha e da Cristina, gostei!
Vou responder as cartas delas.

Em 3 de fevereiro de 1980, um outro relato, perdido entre
narrativas do cotidiano, serve de comparação:
"Estou um pouco confusa. Sabe, eu sou errada, você é que
sabe, diário? Porque eu sou errada e não falo direito, falo errado.
Desde eu era menina que eu não aprendi falar antes. Quando eu
faço amizade, ninguém vai gostar de mime ninguém quer passear
comigo. Acho que vou ficar sozinha de sempre, quem sabe! Eu
estou tão triste de ficar sozinha sem ninguém. Quero que alguém
que gosta de mim e faz amizade comigo e conversasse comigo e
passeasse comigo, isso eu quero. Quero que alguém que me faça
feliz e ficar perto de mim como amizade é só isso."

Sem qualquer interrupção, na linha de baixo da mesma página, ela continua como se o fragmento anterior não tivesse deixado qualquer impressão mais funda: *"Vai começar a aula, dia 11/2/80, falta 8 dias, poxa! A Celinha vai voltar para trabalhar na Santa Casa* (ficou amiga de todas as enfermeiras) *dia 6/2/80. Na semana que vem vamos passear em Silveiras, outra vez! Até amanhã, tchau!"*

Muitas vezes não é possível acompanhar seu raciocínio tortuoso. No dia 21 de junho de 1980, anota um bilhete que escreveu para a mãe, não sem antes explicar ao diário que não tinha dado presente no dia do aniversário porque estava sem dinheiro (e ainda comenta que *'não faz mal, no Natal eu dou pra ela'*):

"Mamãe querida
Parabéns pelo atrasado, no seu aniversário dia 13. Nós gostamos muito da senhora. A senhora está com 60 anos. E vai ser a vovó, sei que a senhora gostaria de ter netinhos. A senhora é uma boa amiga. A senhora é a mais linda palavra. Nós gostamos muito da senhora.
Um beijo

Sua filha
Rovana"

CAPÍTULO 15

Televisão e solidariedade

Rovana adorava novelas. Assistiu a "Locomotivas", "O espantalho", "Pai herói", "Dinheiro Vivo", "Marrom Glacê", sabia o nome de todos os artistas, para falar e escrever certo: Walmor Chagas, Lucélia Santos, Francisco Cuoco, Bete Farias, Jardel Filho, Marcos Plonka e outros. Nessa época desejou ser atriz, dizia que queria, que sonhava ser talentosa e charmosa. Havia outras novelas a que ela se apegava: "Gina" e "Pecado Rasgado".

Assimilava frases chorosas das novelas e as reproduzia nos relatos do diário e nas cartas, como se dela fossem. Menciona, em muitas passagens, que não tem "nem um centavo" para ir ao baile, para ir ao cinema, para viajar. Ou repete que "não aguenta mais", que está "tão confusa". Cartas lamentosas assim suscitavam respostas preocupadas de amigos da família e parentes. Papai acabou por restringir o seu direito de ver novelas. Só podia assistir a programas com monitoramento de um adulto. A proibição custou, às páginas do diário, novas e doridas frases de luto televisivo...

Rovana assistiu a um programa de TV, em que se fazia uma pesquisa popular sobre a solidariedade, nas grandes metrópoles e nas pequenas cidades do interior. Como experiência ou verificação, um ator se fazia de aleijado em dificuldades, para subir escadas, para segurar embrulhos. Logo após, outra cena em que o ator era um cego perdido em um local a que não es-

tava habituado. Depois, tratava-se de um moço que deixava cair uma caneta. Fechou-se a demonstração, com o mesmo rapaz pedindo aos passantes apressados, um a um, uma ficha para um telefonema urgente. Rovana assistiu a tudo, calada, o que já era uma novidade e, no fim, questionou. "Mamãe, eu não sou de ajudar...?"

É preciso lembrar que ela é completamente desligada do que se passa ao redor, ao contrário do Judá, que observa tudo. Rovana, andando pela rua, é um desastre. Pisa em todos os buracos, patina em cada poça d'água, em dia de chuva, escorrega em porcarias, tropeça nos obstáculos, já bateu em postes. Um dia, atropelou um cego, desses evidentemente cegos, de bengala branca, tateando, e toda gente abrindo caminho. Foi dramático. A bengala voou das mãos do infeliz, que ficou em pânico, rodando os braços e apalpando o ar. Rovana, completamente apavorada e inútil, agarrou-se ao braço da mãe. As pessoas, em torno, acorreram e tudo se normalizou.

– Mamãe – ela perguntou –a senhora não acha que eu ajudo os outros? Que eu gosto de ajudar?

E sem esperar resposta:

– Eu emprestei uma ficha telefônica a uma moça, na rodoviária. Ela estava sem bolsa, um caderninho na mão e não tinha dinheiro. Eu emprestei a ficha e fiquei esperando se ela ia me dever [me pagar]. Aí ela demorou muito e eu disse deixa pra lá. Também emprestei uma caneta a um moço, no coreto da Praça da República. Ele me pediu e eu estava conseguindo autógrafos dos artistas e emprestei assim mesmo. Ele foi pra lá, não voltava, eu fui atrás, eu falei me dá a minha caneta, ele não me deu. Acho que não entendeu. Esperei, esperei, e não recebi mais a caneta. Mas eu sou de ajudar, né, mãe?

CAPÍTULO 16

Roberto Carlos, ídolo constante

Rovana teve os primeiros contatos com a música de Roberto Carlos na época do programa Jovem Guarda, na TV Record, entre 1966 e 1967. Jamais deixou de apreciar o cantor. Seus presentes de aniversário e de Natal incluíam forçosamente o disco mais recente dele.

Em 5 e julho de 1979 há um registro assim, no diário de número 6: *"Quando eu era menina eu vi o cantor Roberto Carlos. Ouvi as músicas dele, é tão bonito mesmo!"*

Em 2008, Tânia, com quem me casei em segundas núpcias, tinha bons contatos profissionais com o veículo de comunicação que organizava um show de Roberto Carlos, em São Paulo, e conseguiu ingressos para Rovana e Judá. Foram para o camarote da TV Record, área vip, com comes-e-bebes, telão, artistas famosos. Foi um deslumbramento – que Marcos acompanhou, porque não havia quem pudesse ir com os dois especiais, e foi talvez quem mais aproveitou. Rovana se queixaria, mais tarde, de que embora o show tivesse sido legal, Roberto Carlos estava muito longe e ela não podia vê-lo direito. Por essa época, a retinose pigmentar, mal que compõe a síndrome de Alport, mostrava acentuada ferocidade.

Tomei o cuidado de enviar, logo no dia seguinte, uma breve carta ao Júlio, contato da TV Record, que nos fizera presente dos ingressos:

São Paulo, 18 de abril de 2008
Caro Júlio:

Você fez a gentileza de ceder ingressos, para o show do Roberto Carlos, a meus dois irmãos excepcionais, e esta mensagem é para enviar um abraço de agradecimento.

Quero começar reproduzindo um torpedo que minha irmã Rovana me passou, logo pela manhã do dia seguinte ao show (segue com os erros e tudo):

"Fiquei mais longe Roberto Carlos adorei e amei muito que quase bateu o meu coração é emoção."

Pelo texto, você percebe que a deficiência não lhe prejudica a sensibilidade. É uma mulher de 47 anos, com aparência de menina de 12, e que coleciona todos os discos do Roberto Carlos desde que superou em parte as limitações e aprendeu a falar. Seus sonhos românticos de menina mal crescida foram embalados sempre pelas canções desse artista que tem o dom de arrastar gerações atrás de si. Quanto ao Judá, mais deficiente, não fala, mas reage com risadões escancarados às alegrias que a vida lhe dá, como esta de assistir tão de perto ao velho ídolo. Com o seu jeito peculiar, meu irmão canta a estrofe da canção Amazônia emprestando um sotaque todo especial: "Patona, patona, dududu." Está até cantando mais, de contente, esse meninão de 49 anos.

Sou o irmão mais velho, jornalista, escritor – hoje na diretoria da União Brasileira de Escritores – e que tem a sorte de ter se casado com a Tânia de Oliveira, a publicitária, querida, companheira, mais doce que chuva de jabuticaba na primavera.

O presente que você, atendendo a pedido da Tânia, entregou aos meus dois irmãos, é para eles um evento de importância insuperável. Será assunto de suas vidas estreitas e condicionadas, por muito e muito tempo. Você lhes aqueceu o coração, e quase derreteu o meu.

Aceite meu abraço comovido. Conte comigo, sempre que eu puder ajudar.

CAPÍTULO 17

Tio Rubem e Tia Norinha

A parceria dos irmãos Ruth e Rubem era antiga.
Aos 17 anos, mamãe decidira mudar-se para São Paulo, para estudar. Faculdades não existiam no Vale do Paraíba e ela recusava-se a aceitar a fatalidade de ser professora primária, possibilidade quase única na cidade de interior. Teve apoio do avô, o guarda-chaves Juca Botelho, aposentado e já muito velho, que ficara com a guarda dos netos órfãos. Embora muito relutante no começo, o velho Botelho resignou-se e deixou-a ir. Mamãe foi trabalhar como secretária-correspondente em um grande laboratório farmacêutico da época, localizado na região central da cidade de São Paulo, perto do Teatro Municipal. Instalou-se numa pensão de um casal de italianos, no Brás, depois conseguiu alugar uma casinha na Vila Ré, longe longe do trabalho, numa época em que ônibus eram os únicos meios de transporte para quem morava na periferia. Bondes havia, mas no centro e em alguns outros bairros como a Mooca e o Ipiranga.

Pouco tempo depois, o irmão Rubem foi para o exército – 5º Regimento de Infantaria Itororó, em Lorena, onde também servia o primo José, Zizinho chamado, meu pai. Convocados ambos para a guerra na Itália, ficaram algum tempo em São Paulo, um pouco no quartel, um pouco na casa de mamãe, esperando o comando para embarcar. Tiveram sorte, porque a guerra acabou antes que embarcassem. Zizinho e Rubem eram grandes amigos, então, e o seriam para sempre.

Pois Rubem, já que estava em São Paulo, em São Paulo ficou. Começou a trabalhar, ajudava a irmã mais velha nas despesas e na administração da casa e, com esse esforço cooperativo, decidiram trazer os irmãos mais novos, Paulo e Mário Celso.

Rubem, na época, namorava Helena, mais tarde Tia Helena, cozinheira de mão cheia, olhos verdes de água, filha da dona Romana, italiana velhusca e engraçada. Foi o primeiro dos irmãos a se casar. Os três primeiros filhos, Marcos, Marisa e Miriam, mais ou menos em 1956, tiveram que ficar morando com meus pais, porque tia Helena contraiu tuberculose e tio Rubem não daria conta de trabalhar e cuidar deles. Eu era pequeno, de colo ainda, não me lembro de nada desse tempo. Costurei lembranças alheias para entender o que houve. Tia Norinha – Honória, irmã de mamãe, foi uma das minhas fontes. Numa visita que fizemos à casa dela, em Itajubá, pudemos gravar um depoimento – raro – sobre a sua infância.

Numa conversa com mamãe, agora em 2010, analisamos serenamente a relação entre ela e tio Rubem. Eu dizia, e ela concordava, que ele fora o irmão dela, porque Paulo e Mário Celso, os mais jovens, tinham sido mais como seus filhos. Tia Norinha, desde menina seguindo outros caminhos com a família dos padrinhos, reaproximou-se bem mais tarde, sempre querida, mas sem a convivência que favoreceria o sentido de irmandade.

Em Rubem, mamãe teve algum apoio. Talvez fosse ele a única pessoa com quem se permitia mostrar-se vulnerável. Porque, com todos os outros, teve que ser fortaleza: dos avós, dos pais, do marido, dos outros irmãos, dos filhos. Solitária. Como ela mesma me diria numa carta, mais tarde, "como um bicho, lambendo as feridas".

Tio Rubem entra nesse livro para me ajudar a compor o retrato de Ruth. E quem é ela, afinal?

Minha mãe surgiu da tragédia. Ficou sozinha muito cedo. A morte a deixou sozinha, sem o pai aos 14 e sem a mãe aos 17, sem os avós aos 28, depois sem os três filhos mais velhos, aos 50, 51 e 52, sem o marido e amigo, aos 81, e sem o filho Judá, aos 89. Teve que levar a vida à força, a socos. Aos 90, vive para completar a missão de apoiar Rovana até que esta morra sem sofrer. E a minha missão é fazer companhia, da melhor forma que eu puder, a essa solitária, genial e trágica mulher.

CAPÍTULO 18

Dinheiro

A relação de Rovana com o dinheiro é intensa. Talvez imagine que terá segurança, se tiver dinheiro. A referência em seus diários é recorrente. Mais que isso. É constante.

– Eu queria ganhar um milhão.

Estava assistindo ao programa do Sílvio Santos. Pessoas do signo de Leão participavam de um sorteio.

– A minha mãe não deixa eu ir lá, poxa! Que pena! Vou ficar sem um tostão.

Exagera as coisas, talvez por falta de precisão no vocabulário, mas um pouco pela dramaticidade que gosta de empregar em tudo, seja alegria ou tristeza. Um belo dia mamãe recebe uma carta de uma velha amiga, Elza Ricci Guerra, que vive em Marília, a centenas de quilômetros de distância. A carta continha um cheque e uma carta de comiseração acerca de uma suposta carência da família. Ela não entendeu nada e apressou-se a fazer contato com a amiga. Elza leu para ela, ao telefone, trecho de uma carta recebida de Rovana que dizia algo assim: "Aqui em casa não tenho um tostão. Estamos na miséria." Certamente, referência mal explicada do fato de não ter ganhado um milhão no programa do Sílvio Santos.

Houve outras. Tia Norinha, então casada com um próspero industrial, na cidade mineira de Itajubá, uma vez foi bater em Cachoeira, apurada, porque havia recebido carta de Rovana detalhando o estado de "pobreza" da família. O encontro valeu pela visita da tia e tudo terminou em grandes risadas.

Entrementes, alguns aborrecimentos fazem difícil a vidinha de Rovana. Algumas vezes ela procura o dinheirinho da mesada, que havia guardado em lugar seguro e que sumiu. Ela chora um pouco e fica falando:

– Alguém pegou o meu dinheiro.

Ela sabe muito bem quem foi.

Numa dessas vezes faltavam vinte cruzeiros. Ela foi ao quarto da mãe, sentar na cadeira de rodas que tinha sido do avô, seu lugarzinho preferido para chorar. A cadeira de rodas servia frequentemente nas loucas brincadeiras da criançada – foi doada depois. Ela foi, pois, sentar-se na cadeira de rodas, chorando. A mãe lhe deu dez cruzeiros, ela voltou para o quarto e parou de chorar. Pensou um pouco, voltou para a cadeira de rodas, com uma cara tão triste! Então a mãe lhe deu mais cinco cruzeiros.

– Não precisa, mãe. Não quero.

– Toma pra você. É presente.

Aí ela pegou o dinheiro e guardou. Foi ao cinema à noite. Chorou no filme porque gostou da história. Chamava-se "Marcelino, pão e vinho".

– Por que você chorou?

– Ah! Era tão bonito!

A *mãe me pediu comprar pão, aí ela me deu CR$ 50,00 cruzeiro, peguei a bolsa e fui andando e parei na padaria, comprei CR$ 10,00 cruzeiro pão de sal e CR$ 10,00 cruzeiro pão de doce, a moça deu troco CR$ 30,00 cruzeiro. Voltei pra casa, eu dei o troco pra mãe, eu dei CR$ 10,00 cruzeiro pra ela, ela me deveu R$ 20,00 cruzeiro porque ela me pediu emprestar ontem à noite.*

No dia 5 de setembro de 1979, está escrito em seu diário que a mãe contratou uma empregada para trabalhar na casa. Diz ela: "*Agora não estou fazendo nada. Acho que eu não vou*

receber meu pagamento dia 30/09/79." Explica-se: a mãe lhe dava mesada, todo fim de mês, pretextando ser pagamento pelo trabalhinho que fazia em casa. Com a presença da empregada, achou que perderia a remuneração. Enganava-se. Continuou a receber a mesada como sempre.

Desde muito cedo, incentivada pela irmã Júnia, deposita a maior parte da mesada em caderneta de poupança. Como seu dinheiro está imobilizado em poupança, nada gasta. Quando precisa de algo, pede para os irmãos. Ao contrário de Judá, generoso e mão aberta, não gasta em quase nada. Mesmo que tenha dinheiro, se ninguém se dispuser a pagar por ela, não compra.

Abriu exceção para Letícia, a sobrinha nascida em 1999, filha do Marcos. Deposita religiosamente R$ 50,00 numa poupancinha que abriu para ela "ir na faculdade".

Na verdade tinha aberto outra exceção pouco antes. Júnia estava instalada em São Paulo, já na função de tradutora juramentada do francês e queria comprar um apartamento. Não tanto por si mesma, mas para que a família pudesse ter uma base de permanente hospedagem, porque habitavam Cachoeira Paulista mas estavam em rotineira romaria a São Paulo, principalmente para tratamento do Judá e da Rovana no Hospital dos Servidores. Rovana abriu mão de R$ 1.000,00 da poupança, para ajudar na entrada. Jacta-se desse feito sempre, considerando-se coproprietária. Também foi uma experiência pedagógica, para que Rovana aprendesse a dividir.

CAPÍTULO 19

Uma situação, dois pontos de vista

Em agosto, a cidade de Lorena festeja Nossa Senhora Auxiliadora, padroeira. É festa animada, com a praça central ocupada por barracas beneficentes ou comerciais das mais variadas guloseimas e jogos. É evento que atrai gente de toda a redondeza. Imperdível para os jovens, principalmente. Estamos em 1978. Eu, de namoro bonito com Terezinha, fui encontrá-la para passearmos na festa. A moça morava em Lorena, a poucos quarteirões da praça da cidade. Como Abigail, colega de Judá e Rovana na Apae, morasse por perto também, levei os dois para fazerem uma visita e os deixei na casa da amiga. Prometi voltar da praça às 23h30, e combinamos que os dois deveriam me encontrar em frente da casa da Terezinha. Namorei, diverti-me. Dei por encerrado o passeio na hora aprazada, deixei a namorada em casa e peguei a estrada para Cachoeira Paulista. No meio do caminho, uma luz acesa no painel indicava que algo não ia bem no sistema elétrico do carro. Parei. Abri a tampa do motor e identifiquei que a correia do alternador tinha arrebentado. Não havia oficina mecânica por ali. Mas, pela experiência, estava certo de que a bateria do fuscão aguentaria o tranco por mais alguns quilômetros, portanto dava e sobrava tempo de chegar a casa. Entrei de volta no carro e assustei-me com a súbita lembrança dos irmãos. Esquecera-me deles! Agoniei-me. Imaginei os dois, surdos, quase mudos, desprotegidos, àquela hora da noite. Não havia telefone por perto, para explicar a Terezinha

119

a situação e pedir que os confortasse até eu chegar. Não tinha jeito. Mesmo com o carro quebrado, precisava voltar. Segui para Lorena, calculando quanto tempo a bateria do carro aguentaria sem a renovação de carga que a correia propiciava. Em trechos de reta apagava faróis para economizar a bateria. Quase meia-noite, com o coração na boca, vi Terezinha, sentada no degrau da varanda, abraçando os dois chorosos. Uma cena de ternura, que pude compreender, mas que no fim não tive tranquilidade para apreciar, afobado como estava. Abracei os dois, com o coração apertado de remorso, comovido por estar tudo bem, mas tenso com a perspectiva da viagem de outros vinte minutos pela estrada, com o carro em risco de colapso elétrico. Tentei sossegar os dois e busquei a compreensão da namorada no abraço agradecido. A sogra, simpática e atenta, saiu à varanda para acompanhar os acontecimentos, mostrando alívio no sorriso.

Despedidas de cá e de lá, entramos no carro e empreendemos a volta para casa. Judá, no seu tosco dialeto, queixou-se vivamente do esquecimento, chamou-me burro, um dos mais veementes xingamentos de que era capaz, mas sem mágoa, podia-se perceber. Rovana, calada como sempre, passou o tempo inteiro com ar de assustada. Eu ia agoniado, calado, mergulhado na minha preocupação com o desempenho do carro, temendo que a qualquer momento pudesse acontecer uma pane. Nada. Chegamos a casa a salvo e o caso virou o comentário da noite, na família, acabando, ao que tudo indicava, em anedota.

Vamos ver como Rovana enxergou o evento, registrado no seu caderno de diário número 2:

11 de agosto de 1978
Chegamos aqui em Lorena. O Joaquim disse que eu vou na casa da Terezinha às 11 e meia hs. (Segue relato da visita à amiga Abigail.) Precisamos na casa da Terezinha. Eu dei tchau pra Biga. Fomos andando e paramos perto viaduto, o Judá gritou para chamar o Joaquim, ele não escutou, ai ele foi embora. Fomos na casa da Terezinha. Toquei na campainha e ela abriu a porta e perguntei pra ela que o Joaquim foi embora, ela falou "não". Eu chorei porque ele foi embora e esperamos e conversamos, o Joaquim vai voltar ou está procurando de nós, será? Já são 11 horas da noite.

O Joaquim chegou eu e Judá entramos no carro e estamos indo depressa pra casa. O Joaquim está indo depressa acho que ele ficou com raiva de mim, está mesmo!

Chegamos aqui em Cachoeira e paramos aqui em casa. Entramos de casa, fiquei um pouquinho de chorar mostrei o meu brinquedo cachorrinho pra mãe e troquei de roupa de dormir e fui pra cama, é melhor eu não passear mais na festa em Lorena.

Porque senão eu não vou achar o Joaquim senão e fica raiva comigo outra vez.

No diário, um registro complementar, datado de 14 de agosto de 1978:

Hoje eu não tomei banho. Porque hoje é dia de frio. Senão eu fico morrendo de frio. A mãe não deixou eu ir em Lorena. Porque hoje está chovendo, ela disse que eu vou amanhã, eu não vou junto com Joaquim, não!
Porque o Joaquim vai ficar com raiva de mim outra vez.
A mãe disse que ele não está com raiva de mim.
Porque ele esqueceu de nós levar embora pra casa.

CAPÍTULO 20

Rovana e o pai

—Papai não sabe conversar comigo.
Rovana não sabe lidar muito bem com o pai e vice-versa. Diz que ele fica furioso, quando, na realidade, jamais ficou furioso com qualquer dos filhos. Também verifica que ele gosta de brincar com ela, mas não tem conversa boa, seguida, de gente grande.

Quando falamos em novelas, estávamos em plena época de crises de fúria de Rovana. Essa circunstância a levava a exercitar em demasia o imaginário, escapando facilmente da realidade com sonhos românticos de novela. O pai, por isso, proibiu-a de ver novelas sozinha. *"O meu pai fez pôs outro canal."* Numa bela tarde, o pai estava chegando, e ela correu para desligar a televisão. E comentou, no diário:

– Até que enfim! Porque o papai vai ficar furioso comigo. Até que enfim, deu tempo.

– Papai não sabe conversar comigo.

Num trecho do diário número 3:

O pai vem vindo e falando:

– Papai é bonito!

Eu falei:

– Feio!

Na mesma página:

Ai, o meu pai me achou bonita e fiquei contente.

Outras anotações sobre o pai, no diário:

O pai me chamou.

– Oh morena, vem cá com papai.

Ai sentei ao lado do pai, ele me abraçou.

Às 3 hs estendi a roupa no varal. O Judá fez as duas redes. Eu e o meu pai uma só rede. É tão gostoso!

Eu subi na árvore. O meu pai me viu na árvore. Ele jogou água em mim. Ele falou está chovendo. Eu disse, seu engraçadinho! Não está chovendo nada hoje é sol ainda.

O pai e eu brincamos e corremos. Ele ia me molhar na água das mãos dele aí corri e fiquei perto do carro do Joaquim.

Papai se diverte com uma bem-humorada provocação à filha: escreve recados no diário dela. No dia 15 de agosto de 1979, ele se aproveitou de uma distração de Rovana e tascou a mensagem: "A Rovana está escrevendo no diário. Eu toquei cavaquinho, bonitinho, engraxado. Agora, a Rovana não quer me deixar escrever no diário dela. Ela está rindo de mim. Ela não é bobinha, não."

Rovana não se abala. Prossegue a escritura logo depois da intervenção do pai, como se apenas tivesse pulado a linha do caderno. Mas não se furta a comentar, à página seguinte: "*O pai já tocou violão. Ele e a mãe se abraçaram. Sabe, diário, o meu pai é engraçado mesmo. Ele escreveu aí em cima. Ele está me chamando de bobinha, e fiquei risada demais, lê você mesmo, diário aí em cima que o meu pai escreveu.*"

No dia 17 de agosto de 1979, papai faz outro registro no diário de Rovana: "A Rovana vestiu-se de azul, pegou uma bolsinha amarela, ficou bonita de morrer. Embarcou com a mamãe e Júnia na kombi da Prefeitura de Piquete. Vão assistir à inauguração da festa do folclore. Mamãe fará a palestra inaugural. Judá e Papai ficaram em casa. Papai passou roupa da mamãe pra ela ir bonita amanhã em Piquete dar aula de folk. Judazinho, agora, está assistindo 'Perdidos no Espaço'."

Ainda outra intervenção do pai, no diário: "Eu levantei cedo. Arrumei a cozinha. A Rovana ajudou bastante: enxugou a louça, fez almoço, arrumou a casa. Ê Rovaninha boa!"

E mais outra: "A minha moreninha Rovana acordou alegre e disposta. Arrumou o cabelo em franjinha na testa e sentou na frente da tevê um pouco e já pôs a máquina lavadeira pra funcionar. Não tem nada de domingo, é de cachimbo, né? minha filha?"

"*O pai está sentado lendo livro, ele estava assobiando comigo e cantando assim 'ô coisinha tão bonitinha do pai' é da música da cantora Beth Carvalho.*"

"*O pai estava brincando comigo toda hora. Eu falei pro pai assim 'você está pior ainda!' Aí ele riu, que sou engraçado!*"

Obscuramente, ela sente qualquer mal entendido entre os dois. O pai é carinhoso, brinca sempre com ela, ensinou-a a dançar. Mas ela considera que brincar demais é faltar-lhe com o respeito à inteligência, como se ela fosse criança. O pai nunca imaginou que ela se magoaria por causa do seu bom humor.

Em várias páginas do diário número 6, de julho de 1979, surgem queixas contra o pai. Na maioria, birras, porque ele mudava sempre de canal, para a TV Cultura, sem permitir que ela visse o programa do Sílvio Santos ou as novelas. Mas uma observação resgata – ou quase – a harmonia: "*O pai está de bem comigo e eu fiquei de bem com ele mais ou menos.*"

Uma das lembranças mais remotas que tenho de minha própria existência talvez ajude a explicar a relação de Rovana com o pai. Tenho reminiscência de um momento, sei ao certo até de que local se tratava, em uma das casas da nossa chácara em Cachoeira Paulista. Eu brincava com duas outras crianças, e devia ser muito pequeno, porque a figura que surgiu para me puxar pelo braço, não sei por que motivo, era muito alta, infinitamente alta, imensa, com calças escuras e camisa branca. A abordagem foi áspera, a voz forte e imperativa. Não sei o que houve antes e a clareza da lembrança é pouca, mas enxergo viva a imagem de segurar uma vassoura, igualmente alta e infinitamente interminável na verticalidade do meu olhar, e com ela tentar atingir aquele ser ameaçador que eu não reconhecia. De algum modo tenho certeza de que era o meu pai e tenho certeza de que me defendia de uma punição que eu entendia não merecer. Não consegui equilibrar a vassoura, de grande inutilidade pelo próprio tamanho. A lembrança termina com o meu traseiro ardendo de uma palmada. Mas ficou, cristalizada, a informação de que eu não mereci o castigo. Talvez tenha sido a primeira injustiça que sofri, por isso marcou tanto assim.

Rovana, quem sabe, guardou algo semelhante do pai, de um momento guardado nos escaninhos da lembrança, e que não pôde ser completamente resolvido.

O grupo familiar encenou uma peça em versos, que mamãe adaptou do conto "O suave milagre", de Eça de Queiroz. O pai foi o narrador, Júnia fez o menino doente, Rovana fez a viúva e Olavo surgiu de Jesus Cristo, dizendo duas palavras: "Aqui estou!"

A respeito de teatro, Olavo tem uma passagem engraçada. Aos seis anos, foi chamado para participar, na escolinha, de uma peça. Todos os dias saía a horas certas para, explicava, ensaiar. Júnia também participava e só sabíamos que ela seria a protagonista da peça, a formiguinha que ficava com os pés presos num floco de neve. Olavo não contava nada, porque sua atuação era para ser surpresa. No dia marcado para a apresentação, lá fomos nós, a família toda, prestigiar o evento. Depois de tanto ensaio, Olavo surge no palco para sua participação. Não dizia uma só palavra, durante a peça toda. Ele fazia o papel de muro!

Pois a peça "O Suave Milagre", para Rovana, foi a glória. Contou para todo mundo do seu papel. Escreveu para mim,

nessa época já trabalhando em São José dos Campos, só para falar da peça.

Chegou uma moça em casa, amiga da família, e Rovana não se fez de rogada. Recitou inteirinho, vivenciando, o seu papel de viúva.

Umas poucas vezes surge, nos diários, alguma referência a religião. Mamãe nos levava para conhecer as diferentes manifestações religiosas, de modo que escolhêssemos por nós mesmos a que mais nos agradava. Sem devoção alguma, decorrência certamente de sua formação em filosofia, ainda assim não se recusou a ler histórias bíblicas para as crianças, em casa, incentivando que lêssemos sobre todas as filosofias. Muito mais tarde ela diria, num tom de tardia compreensão: "Eu não ensinei a Rovana a rezar. Acho que lhe fez falta".

Rovana reza, contudo, ensinada pela irmã Júnia. Mas não se sabe se compreende a transcendência do conteúdo que repete.

Conhece um pouco da história de Jesus Cristo, parece apreender algo do contexto da divindade x humanidade. Em julho de 1979 há uma longa conversa de três páginas com Deus, num dos diários, mas parece mais uma algaravia de desabafo.

Logo na sequência, uma referência interessante aos três irmãos mortos – depois de um silêncio de mais de sete anos sobre o assunto:

"Que pena. Sinto saudade dos meus três falecidos irmãos, eles estão no céu! A Marta era professora, o Rubinho era soldado de Guaratinguetá, o Juca era doente. Sinto pena que eles morreram. Às vezes eu me lembro deles e sinto saudade deles. Eu não falava ainda, quando era menina. A Marta sempre passeava comigo em algum lugar. Talvez às vezes vou rezar pra eles."

No registro de 24 de março de 1980 há uma outra referência à irmã:

"Estou morrendo de saudade da minha falecida irmã Marta.
Eu gostava tanto dela.
Ela foi tão boazinha para mim.
Ela era alegre da nossa família, como era amiga irmã nossa.
Ela era professora e poesia.
Eu fiquei sem a Marta.
Eu ficava triste dela.
Porque eu não rezava mais nela.
Às vezes eu me esqueço e lembro como a Marta era assim.
Agora já era, minha irmã.
Adeus, marta. Adeus para sempre.
Bom é melhor eu vou dormir.
Boa noite."

São compreensíveis essas referências quase exclusivas a Marta. Rovana era pequena e já não se lembra bem, mas era a irmã mais velha que a levava para passear. Alguma lembrança ficou lá na sua cabecinha.

Numa noite, já era tarde, pai e mãe trabalhando fora, a criançada esperava. A chegada deles era uma festa diária. Papai tocava violão e cantava, nós todos em volta, mamãe relembrando em contralto as cantigas do seu tempo de menina na fazenda de Minas Gerais. Nessa noite eles chegaram e todo mundo se reuniu em frente da televisão, porque estava em cartaz um filme de que todos gostavam. Rovana não estava lá. Tinha ido para a cozinha, fez chá e veio para a sala com uma bandeja cheia de canecas e o bule.

– Aqui, pessoal! – disse, radiante. – Fiz chá pra cada todo mundo!

Rovana arrumou a cozinha e depois trocou os lençóis e arrumou a cama.

Papai, brincalhão, começou, falando grosso:

– A Rovana vai dormir no galinheiro, pra gritar corococó!

O pai brinca que esqueceu o aniversário dela. "Estou sem óculos para ver no calendário. Mas acho que seu aniversário já passou..."

Ela escreve que ri, que o pai é muito engraçado. No diário número 7, está escrito, no dia 3 de agosto: *Aquela hora o pai me abraçou que não esqueceu meu aniversário. Eu fiquei contente.*

Papai foi fazer faculdade já aos 53 anos. Os filhos crescidos, mamãe não precisava mais viajar entre São Paulo e Cachoeira Paulista. Ademais, ainda que gostasse de fotografia, com a abertura de modernos laboratórios, revelações no mesmo dia (ainda não havia a tecnologia para revelação em uma hora), agências que ofereciam o pacote completo para casamentos, por exemplo, o mercado ia ficando restrito para "retratistas" como ele. Pois enfrentou o vestibular, passou com honras, sofreu o trote como qualquer calouro – divertiu-se ao chegar a casa com a cara pintada e a cabeça raspada – e foi cursar Letras, na Faculdade Teresa D'Ávila, em Lorena.

Foi em 1975, penúltimo ano da faculdade, que se animou a participar do Projeto Rondon, na cidadezinha de Uruçuí Preto, no interior do Piauí.

Achei, há algum tempo, um papel dobrado com uma experiência literária de meu pai. Trata-se de um trabalho solicitado por um de seus professores da faculdade e devia responder a seguinte pergunta: "O que estou fazendo aqui?". O texto mostra quem ele era. Para mim não seria preciso esse testemunho para que eu soubesse quem era meu pai. Foi o melhor amigo de minha mãe – e só isso já teria bastado para que eu o admirasse. Mas era mais do que isso. Um homem especialmente ético e especialmente amoroso com a família e com os amigos.

"PÁSSARO CATIVO (HISTÓRIA DE MENINO)

Quando eu era menino... Não! não se preocupem, não vou contar a história *ab ovo*. E nem é preciso: a fração de um dia, algumas horas bem vividas podem compor, inteirinha, a travessia.

Bem... antes dos sete anos aprendi a ler com meu pai, a poder de reguadas. É que eu, sabendo ler, mamãe, analfabetinha, ganhava um ledor de novelas, daquelas distribuídas em capítulos, às quintas-feiras. Aprendi a ler, bem, desempenado, não de soquinho como fazem os repórteres de televisão, hoje. Então, no segundo ano do Grupo, setembro de 1928, festa da ave, fui escalado como representante da classe para declamar. No fim, a comemoração não passava (não passsa) de um rosário de declamações em louvor de nossa irmãzinha ave. Nunca fui bom de decoreba e tentei sair dessa mas a professora, D. Eufrásia, quem diz que me livrava a barra?

No pátio. Sem cobertura, sol de lascar. Todo mundo na fila, imóvel, rígido, cada aluno-poeta desesperando a vez de subir no pelouro. O "Pássaro cativo", de Olavo Bilac – Olavo Brás Martins dos Guimarães Bilac, o próprio nome da fera já se harmoniza num sonoro alexandrino – a minha poesia eu a ouvi seis vezes antes da minha... execução. E cada vez que um menino desfiava o "Pássaro cativo" – várias estrofes, mais de cinquenta versos, acho até que uns quinhentos, ficava mais infeliz, mais vazio, mais desamparado. Terminei o poema? qual o quê! Fui um fiasco: fiiiiiiiiii, fiiiiii! Fiasco, a coisa mais humilhante e que as outras crianças, com a crueldade da criança, não perdoam.

Me fiz homem agarrado aos livros e aos poemas. E hoje, o que estou fazendo aqui? Me libertando do Pássaro Cativo, de Bilac, de dona Eufrásia, da vaia dos meninos. Por isso vim, não infeliz, nem desamparado, mas por meu gosto e de alma leve colocar-me ante vocês para contar esta historinha sem fundo moralístico, sem nenhuma profundidade psicológica, sem nenhum mérito."

Rovana ganhou do pai o bacilo de Koch. Isso só seria descoberto em 2009, quando os médicos do Hospital dos Servidores encontraram, encapsulado e inerte, um bacilo em seu pulmão direito. Zizinho tivera tuberculose em 1961 e por decisão de Ruth combinaram que fariam o tratamento em casa. Foi cercado de todos os cuidados, remédios, esterilização de roupas e utensílios e acompanhamento médico do velho amigo da família, Dr. Darwin Aymoré do Prado. Nós todos fazíamos testes regulares para verificar possível infecção. Rovana, descobriríamos muito mais tarde, ficou com esse bacilo encapsulado, embora nunca chegasse a manifestar a tuberculose. Mas papai não viveria para ter essa informação. Morreu em 2001, abatido pelo mal de Alzheimer.

As pedras do calçamento como que corriam para trás, sob os meus pés, escapando do meu olhar fixo, em paralaxe. Eu andava com a cabeça baixa, ensinando ao pensamento que era bom, que era salutar, olhar para o nada, qualquer coisa neutra, anódina, que não me levasse de volta ao quarto penumbroso onde pela última vez, na semana anterior, mirei os olhos vidrados do meu pai. Eu me despedia para voltar para São Paulo. Papai, emergindo momentaneamente do mundo insondável em que vivia, segurou minha mão com força, cobrou vida de lá de dentro de sua caverna e fixou um olhar que algemou o meu. Sem dizer nada, disse tudo o que eu precisava ter ouvido. Que ele desistia, mas que deixava para mim o encargo de acompanhar a minha mãe. Meu pai e as pedras, lembranças intricadas, labirintos de um tempo que passa, voa, escorre. Mas não morre.

Morreu meu pai, três dias depois. Eu carregava o caixão, quase flutuando por sobre o paralelepípedo, procurando não pensar na chácara que se esvaziava dele mas ficava plena dele, do som do seu violão, da sua risada, e do estalido ardido dos tapas do seu abraço forte. As pedras, a passar, me levavam, por minutos e metros, a sublimar o temor do que poderia vir. Mamãe largada sobre a cama, quase sem chorar, num imenso, oceânico desconsolo. Ela, por vontade, se agarraria à tepidez quase experimentada da morte, louca, aparvalhada, ida. Escolheu viver e assomou à superfície, arfando mais um bocado de ar. Tinha muito que fazer. Tem muito que fazer.

Rovana, muda de novo, surda de novo, ficou ao lado dela, também não quis ver o pai ser enterrado. Ambas passariam outros dez anos assim, abraçadas e muitas vezes desconsoladas, na chácara das mangueiras floridas e das noites nítidas de junho, onde mamãe nunca sabia onde deixava os seus chinelos doidos.

CAPÍTULO 21

Mudanças e ovos quentes

Mamãe fizera concurso para o magistério estadual em 1953. Escolheu cadeira em Suzano. Era cidade que já conhecia e ficava perto da capital. Tão perto quanto possível, numa época em que o principal meio de transporte era o trem, sempre lotado e de arrastado chegar. Precisavam estar próximos de São Paulo, onde papai Zizinho trabalhava, na Estrada de Ferro Central do Brasil, e onde ela encontrava muitos trabalhos extraordinários, em editoras. Uma terceira razão era o fato de que, em Suzano, moravam os pais de Zizinho – tios de Ruth, prima em primeiro grau do marido – e o irmão Rubem. A proximidade com os parentes era fundamental. Já nascidos os filhos Marta, Rubem e Antônio José, precisavam de apoio.

No começo de 1955, decidiram passar uma temporada em Cachoeira Paulista. A chacrinha herdada do avô, o guarda-chaves Juca Botelho, estava abandonada, bem precisadinha de cuidados e de presença. Ademais, com três filhos pequenos – e eu na barriga – Ruth queria a tranquilidade de vê-los brincando e crescendo em lugar saudável, em contato com a terra e com animais. Pediu remoção e assumiu cadeira no Colégio Valparaíba. Para ela não foi difícil. Graduada em Letras, num tempo em que o grau universitário era raro entre as professoras, e já autora de dois livros festejados pela crítica, tinha numerosos pontos de vantagem sobre os competidores e podia escolher qualquer escola que lhe aprouvesse.

Para completar o plano, papai, aventureiro e sonhador, abandonou o emprego promissor na estrada de ferro e resolveu que conseguiria trabalhar em Cachoeira Paulista ou em qualquer cidade próxima. Não perdia, nada, em sua opinião. Seu pai, Antonio Botelho, era o agente da estação Roosevelt da Estrada, seu chefe e por isso mesmo motivo de inveja entre os colegas. Chamavam-no de Botelhinho, em mal disfarçada censura por uma suposta preferência do agente pelo filho, em detrimento dos profissionais da área. Correto, dono de um código rígido de ética pessoal, Zizinho mortificava-se com a situação. Por isso, a mudança de cidade e de emprego não o incomodou. Muito depressa, conseguiu ocupação como laboratorista em uma firma de fotografia, na cidade de Lorena, a 15 km de Cachoeira Paulista. Trabalhava à noite, quando Ruth já havia chegado a casa, das aulas do colégio. Trabalho exaustivo e inexpressivo, pelo menos serviu-lhe de escola para transformá-lo no excelente fotógrafo que foi. Aprendeu a composição química dos reveladores, fixadores e banhos de parada. Lia avidamente sobre história da arte, composição, estética. Preparou-se. Mas não pôde preparar-se para a tuberculose que viria.

Dormindo mal, trabalhando em ambiente fechado por horas seguidas, o pulmão não resistiu, agravado, como era, pela subnutrição na infância. Por volta de 1960 começou a apresentar sintomas e, no começo de 1961, o médico e amigo Darwin Aymoré do Prado diagnosticou a tuberculose, encaminhando-o para um especialista, em Guaratinguetá. Iniciado o tratamento, o casal se deparou com a perspectiva de uma internação em Campos do Jordão, na época estância climática recomendada para a recuperação de tuberculosos.

O especialista, Dr. Sette, chamou mamãe para uma conversa. E, aos dois, pareceu que internar o papai seria equivalente a decretar-lhe a sentença de morte. Isolado da família, sem en-

tusiasmo pela vida, perderia vigor e fé necessários para que se recuperasse. Ela, valente como sempre, afirmou que papai seria cuidado em casa.

Fácil falar. Ele não tinha força para nada. Morria de frio, não mostrava disposição. Lembro-me de alguns momentos dele, nessa época. Muito menino ainda, com meus cinco anos incompletos, via-me brincando ao lado dele, no quintal. Papai ficava horas, calado, sentado numa pilha de tijolos, curvado sobre os joelhos, como quem se abraça. Essa imagem passa pela minha lembrança, hoje, e desperta em mim uma sensação inexprimível de culpa. Por não ter sido capaz de entender o drama daquele homem bom. Mas eu era uma criança, digo para mim mesmo. O que não alivia meu sentimento de incapacidade por não ter feito algo por ele.

Dessa época, achei um bilhetinho escrito pelo meu irmão Rubinho ao nosso pai. Tinha ele nove anos. Transcrevo *ipsis litteris*:

Papai querido
Vai um bão abraço para o senhor. Dei uma briga com o Ivã, um baixinho do terceiro ano, foi dois um alto e um baixo um branco e um preto, acertaro eu na porta do grupo, eu machuquei um. E o outro correu. Depois mais dois, ontem, outra briga. Catei um nego lá que acertei um soco nele que êle viu. Hoje não dei briga nenhuma. Quando é que o senhor vem? O senhor está melhor por lá? Tirei bastante leite. Tirei quase meio litro. O cabrito está bem gordo que na festa já pode comer. Então chega. O Joaquim e o Antonio José estão muito chatos.
Um abraço do
+
(assinou em cruz)

Mamãe ganhava dezesseis mil cruzeiros, como professora. Não era mau salário, mas insuficiente para custear as despesas da família, que já estava aumentada em mais três: Judá, nascido em 57, Marcos, em 59, e Rovana, em 60.

Numa segunda-feira, mamãe faltou à escola e pegou o expressinho das cinco da manhã, com destino a São Paulo. Pretendia visitar a editora Cultrix, empresa para a qual já prestara serviços e onde deixara ótimos amigos. Subiu as escadas da editora, na Rua Conselheiro Furtado, mas nem teve tempo de bater à porta. Deu de cara com o editor, Diaulas Riedel, que saía para o almoço. Ganhou uma alegre recepção, um abraço e um convite formulado mais ou menos dessa maneira: "Ruth! Eu estava precisando de você para um projeto! Interessa trabalhar aqui, por um salário de 48.000?"

Baforadas da sorte. Mais do que o triplo do salário, para fazer a coisa de que mais gostava: escrever. Foi nesse período que mamãe produziu algumas de suas melhores traduções, como os contos de Dostoievski e de Alphonse Daudet, ambos do francês. Rotineiramente, produzia textos para o Almanaque do Pensamento. E, rotineiramente, passava a semana em São Paulo, embarcando para Cachoeira às sextas-feiras, à noite, e voltando para a capital na madrugadinha das segundas-feiras.

Naquele período na Editora Cultrix, o dinheiro já permitia que tivéssemos uma empregada, Cida Pacheco, que cuidava da casa e acompanhava o tratamento do meu pai. Foi a primeira mulher a me ver nu, que eu me lembre, e me lembro ainda hoje com certo pudor – e eu não tinha mais que cinco anos.

Com o tempo, rotina estabelecida, mamãe foi se sentindo mais segura e nos levou a todos para passar uma temporada em São Paulo. Fomos morar no bairro do Cambuci, no primeiro andar de um prédio velho. Havia uma escada longa, alta demais para as minhas perninhas de menino. Mas, no topo da escada, abria-se um quintal, porque a outra face do prédio dava para a rua de cima. Então era assim. Morávamos num prédio e tínhamos quintal como quem mora numa casa.

São Paulo, da garoa, parecia ter certa concentração climática no Cambuci, onde fazia frio quase sempre. Lembro-me de minha mãe descendo a escada para comprar casacos do velho Jaime, judeu errante que visitava o bairro, equilibrando enormes cabides. Homem sério, mas estranhamente divertido, com um sotaque carregado. Uma vez, mamãe contou-lhe que um jovem galo de sua criação tinha nascido com uma crista esquisita, diferente, parecendo chifres. Salomão coçou a cabeça, desconfiado: "Galíneo com chífaros? Ixa vida!"

Pois fazia frio no Cambuci. Inversamente, fazia muito calor em Cachoeira Paulista.

Cinco anos durou o tratamento de papai. Lembro-me de um hábito dele, asqueroso, na minha menina opinião: tomava um ovo cru pela manhã. Depois passou a comer ovos quentes, fervidos durante exatos três minutos, e disso eu gostava. Também ia de carona na gemada que o tio dele, João Borges, sabia fazer muito bem e que depois passou a integrar o seu cardápio. Nesse período, passávamos meses em São Paulo, outros meses na chácara. Aos poucos, mamãe conseguia encomendas de trabalhos como escritora que podia fazer em casa. Além dos trabalhos regulares da editora Cultrix, passou a escrever crônicas semanais para o jornal Folha de São Paulo, numa coluna em que se alternava com Cecília Meirelles, Padre Vasconcelos e Carlos Heitor Cony. Com isso, pôde voltar a lecionar apenas numa parte do dia, e a família instalou-se de vez em Cachoeira Paulista. De vez é uma expressão muito definitiva. Mudaríamos, ainda, muitas vezes, de casa e de perspectivas.

Em 1964, papai estava curado. Foi quando Marta...

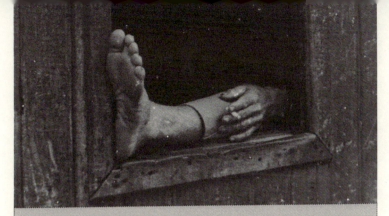

José Paulo Paes, o poeta, foi companheiro de trabalho de minha mãe na Editora Cultrix. Escreveu a ela uma carta em 25 de fevereiro de 1997, referindo-se ao câncer de próstata com que meu pai havido sido diagnosticado pouco antes:

"Cara Ruth:

Fico contente de saber que meu poeminha agradou ao José. A foto dele é muito feliz, tanto assim que logo me inspirou. Faço votos de que ele possa ir enfrentando como Deus for servido o mau pedaço que está passando.

Não sei se você chegou a saber que o Diaulas Riedel morreu na semana passada. Embora estivéssemos afastados desde minha saída da editora, fui ao velório levar um abraço aos filhos dele, de quem gosto, particularmente do mais novo, o Ricardo, que imagino vá assumir a direção das empresas deixadas pelo pai.

Pena que o seu projeto não tivesse dado certo na Ática. Mas as coisas mudaram muito na área da literatura infanto-juvenil, que é hoje a galinha dos ovos de ouro das editoras. A alma do negócio parece cifrar-se em divertir a rapaziada, como o fazem os compositores de rock, lisonjeando-lhe os gostos modernosos insuflados e mantidos pela indústria cultural. Uma calamidade. Em todo caso, mande-me uma cópia do plano da sua série. Vou ver se consegue interessar a alguma outra editora.

Não tenho acompanhado a produção editorial e não saberia dizer-lhe quais livros de contos saíram publicados o ano passado. E não se iluda mesmo com o concurso Nestlé. Prêmios literários são loteria.

Caso queira mandar-me uma cópia do seu Malasarte para eu correr os olhos, pode mandar-me que depois lha devolverei. Me mande por Sedex, que é mais seguro.

Dora lhe envia saudades, a que junto o meu abraço afetuoso.

José Paulo"

CAPÍTULO 22

O vestido de Marta

Vestido queimado...
Mamãe estranhou, na inspeção do guarda-roupa, o vestido de Marta, estampado de vermelho e bege, com um furinho disfarçado no meio das ramagens. Um furo de bordas queimadas, como se tivesse sido feito por uma ponta acesa de cigarro. Brincando por ali, ouvi-a comentando com papai a respeito do achado, mas não me pareceu que tivesse havido alarde.

Marta, fazia dois dias, andava indisposta, tinha pedido para faltar ao colégio, só deitada. Mamãe preparara-lhe um chá, mediu temperatura, não havia razão para imaginar qualquer enfermidade. Menstruação, talvez... Marta estava com 14 anos.

Ela era um brilho de inteligência. Destacava-se com facilidade em tudo que fazia. Por essa época, já escrevia poemas de superior qualidade, em alturas psicológicas pouco imagináveis para o seu pouco viver. Emotiva, explosiva, mas risonha e boa, Marta era poeta. Sonhava com o jornalismo, profissão que os pais desempenhavam esporadicamente, em reportagens encomendadas para a Revista do Globo. E já namorando. Escondido. Um jogador de futebol, palmeirense, baixinho, feioso, chamado Luís Carlos, com apelido de Quarentinha. Papai e mamãe eram contra o namoro, ciumentos da filha mais velha, xodozinho. Presenciei algumas broncas, castigos, até umas lambadas de palma de São Jorge. Marta, porém, continuava namorando.

Suas amigas eram as filhas de fazendeiros, do delegado, do promotor, do médico. Afinal, éramos filhos de professores, função então aceita, socialmente, na sua integral importância. Mas não nos sentíamos elite. Bem ao contrário, andávamos em roupas muito simples, quase sempre descalços, ocupados em trepar em árvores, apanhando frutas e brincando com o que a natureza nos oferecia ao alcance das mãos. Nunca tivemos forte-apaches, brinquedos de corda, bonecos que falavam. Papai nos ensinava a construir casinhas de troncos e galhos, a fazer hortas, cuidar de galinhas, patos e cabras. Numa vitrola fazia rodar discos de vinil, pesadões, em 78 rotações por minuto, de música clássica, algumas óperas, e algumas cantoras líricas, como a soprano italiana Amelita Galli-Curci. E muitos chorinhos, tangos e canções. Músicas que reproduzia ao violão e que cantávamos com ele, em coral improvisado, Dorival Caymmi, Sílvio Caldas, Elisete Cardoso.

Tínhamos uma vida alegre. Infância livre, solta pelo quintal de muitas árvores de fruta e bichos domésticos. Ou nem tão domésticos. Papai conta que um dia, chegando da rua para o almoço, encontra Marta e Rubinho, com cinco e quatro anos, respectivamente, brincando no quintal. Era assim a brincadeira: Rubinho imobilizou com a enxada a cabeça de uma cobra urutu da barriga amarela, enquanto Marta, com o machado que mal conseguia equilibrar, ia fazendo fatias da bichona. Tudo muito alegremente, sem noção do perigo...

Marta, aos 14 anos, era uma ditadora para com os irmãos. Designada responsável pela casa, nas ausências eventuais de papai e mamãe, ordenava e comandava sem temperança. Só eu, e nenhum dos outros, a contrariava, com medo de sua irritabilidade. Aos nove anos, eu a enfrentava, indignado com o que considerava injustiça para com todos nós. Tivemos grandes refregas. Eu perdia sempre, como já se pode adivinhar.

Mas não posso me queixar. Marta me ensinou a dançar. Marta me deu as primeiras informações sobre a língua inglesa. Marta andava de mãos dadas comigo, pelas ruas, e eu ia, orgulhoso, posando de namoradinho... Marta foi quem explicara, um ano antes, que mamãe estava grávida de mais um irmãozinho, dando-me um dos primeiros ensinamentos sobre a mecânica da vida.

Naquela tarde de novembro, um furo num vestido, para mim coisa corriqueira, ganhou dimensão que jamais poderia prever.

Papai e mamãe nervosos, tio Darwin entrando e saindo, pessoas que vinham conversar em voz baixa, Marta deitada, Marta prostrada, uma tristeza que cobria como neblina invisível o sol eterno da minha terra.

Pelo meio da tarde, Marta desapareceu.

Era o dia 8 de dezembro de 1964. Recentemente, Sheila Duarte, amiga de infância de Marta, resgatou um velho caderno, daqueles que as meninas pedem para as amigas escreverem alguma coisa para guardar de lembrança. Uma página desenhada, traz um poema escrito à mão, em que Marta, se capricha na letra, deixa tremida a assinatura, apenas com o sobrenome Botelho, seguida da data: 1º de dezembro de 1964. Uma semana exata antes do dia que relato aqui. Eis o poema:

De joelhos ante vós, Senhor, vos peço,
pelas ruínas que não têm idade,
como delas restaram, que me restem
fragmentos esparsos da Verdade.

Não quero que a alma se me estenda
campo por campo, cidade a cidade...
... quero minh'alma morta como o corpo
dentre as ruínas que não têm idade.

Morro de amor! De puro amor fui feito
– e da amada que tive, junto ao peito
Ficaram só tormentos sem idade! –

De que serve viver eternamente?
Ai! Recordo de novo esses momentos
E morro de saudade novamente!...

Para sempre, Sheila, você, a amizade, e eu...

Pois, eu dizia, no meio da tarde Marta desapareceu. Não me lembro, ou misturo as memórias do que fiquei sabendo depois com os registros do meu próprio testemunho, se a vi entrar numa ambulância ou se alguém me contou isso. O que sei é que o resto do dia foi um alvoroço de fazer malas, juntar coisas. Lembro-me de as grandes janelas sendo fechadas, a casa escurecendo e, num último momento, diante da porta da frente, muito alta, meu pai, dando as três voltas na chave. Depois, o dia se passa na minha memória como um filme recortado em que fotogramas foram retirados aleatoriamente – imagens da janela do trem, a chegada à estação da Central do Brasil, no Brás, em São Paulo, a gente andando depressa, arrastando malinhas e malonas atrás dos meus pais. Um pátio imenso, onde uma cúpula muito alta derramava os restos da luz da tarde sobre multidões de gente elegante que passava para lá e para cá. Uma mulher limpando o pátio com uma vassoura imensa, varrendo de uma só vez mais do que cinco vassouras comuns de piaçaba. Lembro-me de olhar curioso para aquele trabalho, enquanto apressava o passo para acompanhar meus pais. Naquele momento, eu levava ao colo, com todo o cuidado, a Rovana de olhos grandes vesgos assustados.

CAPÍTULO 23

Recomeço

A chácara, em Cachoeira Paulista, era cheia de árvores, uma cerca precária em torno. Ao fundo, o campo do Eurico, uma área que servia de pastagens para as poucas vacas do sitiante defronte. À noite, apareciam bêbados que se largavam pelo quintal, para dormir encostados em alguma árvore ou sob a proteção de um telheiro. Por duas vezes papai surpreendeu uns tipos mal encarados fuçando pelo quintal, à caça dos patos ou das cabras. Cidade pequena, à beira da estrada de ferro Central do Brasil, caminho de migrantes despossuídos ou de marginais em fuga, vários sustos já haviam feito arrepiar o sossego da gente. Papai comprou uma garrucha pequena, calibre 22, que mantinha escondida de tudo e de todos, pensando usá-la como proteção, imaginando que bastava dar dois tiros pra cima para afugentar meliantes. Nunca usou a arma. Mas, pelo resto da vida, arrependeu-se de tê-la comprado. Porque – isso pensei até muito recentemente – Marta, a curiosa, foi brincar com ela e disparou contra a própria barriga. Não fosse o furo no vestido e mamãe não teria descoberto em tempo o real motivo da prostração da minha irmã. Faz pouco, mamãe contou que Marta confessou ter usado a arma de propósito. Queria mesmo se matar, por causa do namoro proibido.

Nossa corrida para São Paulo, eu saberia depois, foi para que meus pais ficassem perto do Hospital das Clínicas, para onde Marta tinha sido levada, com várias voltas do intestino perfuradas e com a bala alojada ao lado da espinha. Mamãe e papai abandonaram tudo, trancaram a casa e nos levaram para a Vila Matilde, subúrbio da capital, entre a Penha e a Vila Esperança. Fomos para a casa da tia Júlia, tia do meu pai, que morava com três filhos casados num agrupamento de casas bem ao lado da avenida Joaquim Marra. Pessoal festivo, italianada barulhenta e acolhedora que nos recebeu com braços e portas abertas.

Nossos dias com aqueles tios e primos foram como que férias na capital. Papai e mamãe quase nunca estavam conosco durante os dias. Hoje tenho consciência de que dividiam o tempo entre amparar a Marta, internada por mais de quatro meses, entre a vida e a morte, e buscar maneiras de nos sustentar. Obrigada a pedir licença do magistério, mamãe voltou para a Editora Cultrix. Papai fazia o que podia, no seu ofício de fotógrafo, num lugar em que precisou conquistar clientela.

A mim, cabia prioritariamente cuidar da Rovana, então com quatro anos, absolutamente incomunicável, e Olavo, um gordinho simpático e bonito, de pouco mais de um ano. Não me consta, no meu vago lembrar, de que tenha sido qualquer incômodo essa tarefa. Eu já fazia a mesma coisa na chácara, em Cachoeira Paulista. Apenas mudara o ambiente. E com a agradável inclusão de primos que não conhecíamos antes. Os outros irmãos, grandinhos, divertiam-se com os primos, sob vigilância das tias. Não careciam de tantos cuidados.

Em fevereiro do ano seguinte, mudávamos para uma casa alugada em Suzano, para onde minha mãe conseguira remoção, para lecionar. Deixamos a Vila Matilde com tristeza, mas quando a gente é criança essas emoções duram pouco.

A casa de Suzano, grande e úmida, ficava no bairro chamado Jardim Imperador. Rua de terra. Quintal grande, com árvores de diferentes frutas de clima frio que eram novidade para nós: caqui, pera e ameixa. E mexerica, que dá em qualquer lugar.

146

Vizinhos japoneses, quase todos. Escola próxima, a poucos minutos de caminhada. Suzano era outro país, parecia. Submerso em névoa perpétua. Regado pela garoa dia após dia. Em Suzano tive os primeiros grandes pavores de minha vida.

Rovana, magrinha, de cabeça quase lisa cujo adorno era somente uma penugem muito fina, andava atrás da gente com o polegar enfiado na boca, com os grandes olhos inquisidores. Não chorava. Não reclamava. Mas não se afastava nunca.

Mamãe e eu tínhamos um trato. Trato operacional, por assim dizer. Pela manhã, eu ia para a escola. Ela ficava em casa e preparava o almoço. À tarde, nós dois nos sentávamos na sala, ela à frente de uma máquina Olympia que havia comprado à prestação, e eu ao lado dela, diante de uma caixinha que servia de fichário. Eu lia a história da guerra de Tróia, numa edição

de deliciosa leitura que jamais encontrei novamente, e ia anotando, em fichas separadas, o nome e as características físicas e psicológicas de cada herói, deus, semideus, dríade e ninfa que aparecia na leitura. Caprichava na descrição, procurando atentar para as qualidades de Ájax de Télamon, Aquiles, Menelau, Pátroclo, Zeus, Afrodite, Ares, Palas. Meu predileto era Heitor, a quem considerava o defensor da cidade de Tróia contra a invasão de estrangeiros animados por desculpas esfarrapadas de resgate de uma princesa chamada Helena. Sofri ao ler a triste sorte do meu guerreiro, arrastado dez vezes em torno da cidadela, amarrado à biga de Aquiles, o valentão afetado. Essa atividade foi, decerto, a minha iniciação no mundo da literatura. Mamãe me preparava.

Na minha família, alguns filhos declaradamente eram de responsabilidade do pai, outros da mãe. Os dois brincavam que eu era filho da minha mãe. Ela me dava encargos diferentes das tarefas atribuídas aos outros, quase sempre relacionados com os livros e com a administração da casa. Rubinho, o segundo mais velho, não tinha pendores para os trabalhos de casa. Já achava muito ter que ir para a escola. Preferia os campos de futebol.

Marta veio para casa nos fins de março. Voltou alegrinha, e todos ficamos contentes. Mas voltou abatida, ainda trôpega e sem força. Não podia fazer quase nada em casa. Dedicou-se à escola com intensidade.

CAPÍTULO 24

Sem papas na língua

Rovana não aprendeu – também porque não lhe foram ensinadas – as pequenas hipocrisias sociais que fazem parte da dinâmica da vida em grupo. Diz o que pensa e nem sabe que algumas coisas ferem a quem ouve. "Nossa, você tá gorda!" Para ela, gorda é gorda mesmo, porque não percebe que há uma carga emocional de preconceito contra os que por azar ou descuido estão acima do peso. Se o adjetivo é preciso, agradar não é preciso, porque ela não sabe.

Comentando uma cerimônia a que foi assistir na Câmara Municipal de Cachoeira Paulista, registrou uma observação no diário de 23 de fevereiro de 1980: *"Eu vi a Sosiva que ela estava sentada toda hora caído de sono. Eu sabia que ela devia ficar na casa dela pra dormir porque senão ela cai no sono outra vez."*

Pois é, mamãe não se preocupou em ensinar-lhe hipocrisia. As pessoas entenderão a deficiência dela e, depois, pra quê? ensiná-la a mentir... Mas não deixava que errasse na fala e na escrita. Dava-lhe tarefinhas escolares das quais ela meio que se queixava, no diário – mas na prática ficava orgulhosa dos mandados. Vamos ler este trecho, de 1º de março de 1980:

"A mãe mandou eu escrever 15 vezes O rã e o boi, os macacos bocas-pretas. Porque eu demorei pra falar o gato do padre é... do, ai de repente falei legado. A mãe mandou eu escrever 15 vezes. Agora já escrevi 6 vezes só falta mais, ai credo!"

Em 14 de março de 1980, outra observação acerca das obrigações escolares:
"*Ah, ontem a mamãe foi viajar no rio de Janeiro para trabalhar, ela volta sábado. A Júnia está lendo livro dela é 7ª série, espero que 5 anos passa logo depressa para eu terminar estudos.*"

CAPÍTULO 25

Laranja e picolé

Há indicações mais do que constantes nos diários de Rovana. Uma delas é "chupei duas laranjas", frase que aparece centenas de vezes ao longo dos seus 193 cadernos universitários. A outra é "a Júnia chupou picolé", outras tantas vezes. Parece que a vida dessas duas é chupar laranja e picolé.

No dia 27 de fevereiro de 1980 há uma mistura inusitada: *"Eu já jantei, chupei laranja, comi maria mole e banana. Depois tomei o chá."* No dia 15 de março de 1980 ela comenta que foi ao mercado municipal comprar tomate e que na volta chupou duas laranjas.

(Nesse ponto do diário há um recadinho com letra bem desenhada: "A Rovana roubou o meu boné!... Ai, ai, ai – ui, ui. A Rovana bateu ni mim – ai, ai, ai, ai!..." Ela anota, na sequência: *"Pôxa, outra vez o pai escreveu meu diário! Ora essa, o pai escreveu de novo, que gozado!"*)

Rovana gosta de comer "comida delíquia" (comida deliciosa, por delícia).

Anotação de 29 de janeiro de 1980: *"Eu almocei é sopa, outra vez! Mas eu não quero comer mais sopa até nunca mais, eu desisto! Estou com vontade de comer comida mais gostosa e deliciosa, estou com água na boca."*

CAPÍTULO 26

Ouvidos moucos

No dia 2 de abril de 1980, Rovana relata, quase que incidentemente, um acontecimento que, na opinião da família, pode ter sido fundamental para a sua evolução:

"A Júnia me pediu emprestar toalha nova, porque ela vai em Ubatuba, vai ficar lá 3 dias, depois a mãe e o Judá foi no médico porque pra por aparelho surdo no Judá. Eu fui sozinha entregar as listas telefônicas e depois voltei pra casa."

(A Guarda Mirim que mamãe criou tinha obtido um contrato com a distribuidora para que os guardinhas entregassem as novas listas telefônicas; Rovana também entrava na dança, dentro do mesmo espírito de dar-lhe obrigações leves e produtivas.)

Eu tinha conseguido juntar dinheiro de salário para comprar um aparelho de surdez para o Judá, equipamento que à época equivalia ao preço de um carro usado. Rovana não deu maior importância ao evento, porque achava que não precisava de auxílio para escutar. Estava bem no seu mundo, acostumara-se à leitura labial e aos gestos dos interlocutores, ouvia quando lhe interessava ouvir – e aí sim, fazia um esforço. Estava acomodada no seu mundo seletivo.

No mesmo ano ela ganharia o seu aparelho. No início, achou um inferno, e se queixava de muito barulho, que a irritava. Aparelhos da época apenas amplificavam todos os ruídos do ambiente, e o silêncio de sempre virava uma balbúrdia de sons. Rovana não gostou nada nada do que sentiu, e foi deixando o

aparelho de lado. Foi Júnia quem, à custa de muita paciência, insistiu para que ela usasse o aparelho um pouquinho a cada dia para se acostumar. Não demorou muito para que Rovana ficasse completamente dependente dele.

Também foi Júnia que, em 1987, já trabalhando na Prefeitura de São Paulo, conseguiria trocar os aparelhos por novos, mais modernos e confortáveis de usar.

Rovana não soube, ou não admitiu, mas o mundo se abriu para ela, com o descortínio dos sons.

No entanto, aquele registro de 2 de abril de 1980 não faz justiça à grandiosidade do evento. Primeiro porque não o considerava grandioso. E, segundo, porque não era com ela. E, se não era com ela, não tinha importância.

CAPÍTULO 27

Indícios

Em 24 de junho de 1979, véspera do casamento de Marcos, Rovana se queixa de forte dor nas costas. *"Estou doendo. Eu falei pra mãe que eu estou doendo, a mão deu remédio comprimido, aí já tomei."* Não imaginávamos que podia ser indicação de problema mais sério.

Em 12 de setembro do mesmo ano ela relata forte dor de barriga e febre. O pai lhe deu chá e aparentemente tudo estava superado. No dia 13, ela diz: *"Eu ainda não sarei. O Marcos bate na minha barriga sem querer e eu gritei Ai Ai Marcos. O Marcos me deu desculpe."*

CAPÍTULO 28

Palavra-chave

Passear é palavra fundamental na vida de Rovana. Já vimos isto. Mas não custa voltar ao tema, até porque os diários o registram a todo momento.

– Passear por aqui não tem muita graça. Eu queria ir longe, no estrangeiro.

– Onde, Rovana?

– Nas estradas do fim do mundo.

Escreveu:

"Estou sozinha demais, sei que ninguém gosta de mim, ninguém quer passear comigo, não me acho bonita. Vou viver sozinha, vou viajar. Quero sucesso. Quero paz. Quero um lindo namorado. Eu olho o céu azul e as estrelas. O brilho é lindo."

Em seguida transcreve, no diário, uma poesia de que não sabe o autor, mas comenta ser linda:

"Pisei na pedrinha
pedrinha rolou.
Olhei pro mocinho
Mocinho piscou.
Contei pra mamãe
Mamãe não ligou.
Contei pro papai
Chinelinho cantou."

Passeio é a palavra central da vida de Rovana. Não importa onde. Não importa com que pretexto. Contanto que dure muito.

157

Alegra-se até com o que imagina que seja passeio dos irmãos: *"Ontem o Joaquim foi em Rio de Janeiro, ele está trabalhando, ele não vai chegar hoje, estou um pouquinho com saudade dele."*

E é resignada, às vezes.

"Não posso passear com elas. Porque está chovendo. Quando tiver sol eu passeio."

"Tia Laly disse que a minha madrinha foi viajando de praia. Eu estou com saudade dela."

Meus pais conseguiam arranjar divertimentos pra gente sem precisar de dinheiro. Piqueniques, visitas a fazendas, pescarias nos ribeirões, expedições para nadar na represa, audições de orquestra, peças de teatro popular, viagens de trem para a casa do tio Paulo, em Santos. Rovana – e de resto nós todos – se esbaldava com essas aventuras. Numa dessas idas a Santos, descemos do trem em Paranapiacaba, onde se fazia a baldeação para o trenzinho que descia a serra, movido a contrapesos presos por cabos de aço. Enquanto esperávamos a chegada do trem, Rovana, a espevitada, a distraída, desgarrou-se do grupo e tropeçou. Caiu sobre os trilhos, de uma altura de mais de um metro e meio. Fez um corte muito feio no joelho, por onde escorreu sangue abundante. Foi um perereco, toca a levar a menina para o pronto socorro, perdemos o trem. Mas tudo deu certo. Na mesma noite chegávamos a Santos, para umas semanas de férias.

Numa viagem de carro, a Rodovia Dutra estava um horror. Havia uma queimada de pasto junto ao leito da estrada, lavrando em labaredas vermelhas e fumaça negra. Ao passo que o carro avançava, íamos penetrando na zona tomada pelo fogo. Rovana primeiro segurou o braço da mãe, fortemente. Depois fez o comentário:

– Nossa, mãe! Estão botando fogo na natureza!

CAPÍTULO 29

Psicologia

Coisa curiosa na configuração psicológica de Rovana é transferir a missão de bem-querer, ou de mal-querer, para os outros. Suas anotações indicam isso. "A Mara estava morrendo de saudades das minhas cartas", "Ninguém gosta de mim", são muitíssimo mais comuns do que "eu gosto", "eu não gosto", "eu tenho saudade". Quando quer elogiar, elege, para predileções, figuras sacralizadas, no seu modo de ver, pela televisão. Cantores, artistas em geral, mas principalmente Sílvio Santos, que frequenta as páginas dos diários quase que dia sim, dia não. Embora seja importante registrar que as anotações nos diários são feitas quase sempre depois de um fim de semana (ou de evento marcante para a vidinha dela), quando as intermináveis disputas com os irmãos e os pais sobre o que ver e o que não ver na TV costumam ser o principal acontecimento.

Parêntese.

Rovana surge, na sala, segue sem atalhos para o aparelho de televisão e anuncia:

– Com licença. Eu vou assistir canal 5. (No seu dialeto, a pronúncia é algo assim: *Com liquenca. Vô aquiqui canal quinco.*)

E muda o seletor, simplesmente. Claro que a grita é geral e nem sempre ela se dá bem com o atrevimento. Se não consegue vencer, retira-se, ofendida, batendo os pés, reclamando que todo mundo está contra ela e vai derramar vinganças no diário.

Para esses e outros queixumes, os motivos escolhidos são muitas vezes intangíveis. "Olhou com cara de raiva de mim", "Ficou risada de mim", "Ninguém me entende".

Às vezes, conclui apressadamente e sofre com aquilo que supõe poder ser. Talvez a situação que narro a seguir, coletada de seu diário de 7 de março de 1980, esclareça por que razão se entristece e chora sem motivo aparente:

"Depois fui passeando sozinha na praça e depois passeei pertinho na casa do tio Aurelino e vi o tio pela janela e depois voltei para a praça e andei e vi a janela fechou, tenho certeza que foi o tio Aurelino fechou a janela, acho que ele não está gostando de mim e não ficou contente em me ver. Fiquei triste do tio Aurelino."

A má impressão não dura quase nada. Nas páginas seguintes há relatos amorosos em relação ao tio médico.

Outra situação pouco clara, à primeira leitura do trecho registrado no diário de 6 de maio de 1980, teria ocorrido com uma de suas professoras:

"Eu estava na classe e fiquei nervosa com Dona Dadá. Eu estava guardando os meus materiais na minha bolsa. Aí vi e ouvi a Dona Dadá, falou o meu número e depois eu estava indo embora. Eu disse de repente 'adeus para sempre', ela correu atrás de mim e disse 'Rovana, você não pode fazer isso comigo'. Ela segurou a minha mão com força e meu braço também. Eu disse 'solta de mim, e não quero mais saber da senhora'. Aí corri e voltei pra casa, e fiquei nervosa demais. Porque Dona Dadá tem raiva e brava de mim, eu sei que ela não gosta de mim. Há muito tempo que eu não to gostando dela. Não, não quero mais saber dela. Não, ela tem brava mesmo! E de repente eu acordei. Acho que foi um pesadelo."

Esclareça-se, para atenuar a imagem ranzinza de Rovana, que a expressão "adeus para sempre" é uma forma bem humorada que ela tem de se despedir. Não quer dizer exatamente

para sempre, mas é uma despedida definitiva para aquele dia, tão somente. Portanto, a reação dela à chamada da professora (mesmo sendo só um sonho), não foi resposta malcriada, mas um jeito particular de dizer que naquele momento não estava mais com vontade de conversar.

Pensei um pouco nesse registro, com um aperto na garganta. No sonho, como no vinho, muitas vezes a verdade. Que angústia terá passado pelo coraçãozinho da Rovana, pra converter em pesadelo o receio de uma possível realidade... Dadá, professora popular entre os alunos do ensino médio, fazia-se respeitar porque lidava com os jovens com o que supunha ser atitude de igualdade. Falava alto, encarava o interlocutor de cabeça erguida e peito empinado. Era do tipo que não usa freio na língua, desfia palavrões, faz escândalo, berra, ganha literalmente no grito. Pronta pra briga, a qualquer tempo. Pode ter sido um mecanismo de defesa, desenvolvido depois de ter passado agruras com adolescentes malcriados em sala de aula. Mas o fato é que Dadá vestiu a carapaça e impermeabilizou o peito no trato com as pessoas, como tanta gente faz. Falava todo o tempo com dureza. Só que, para Rovana, dureza repetida pode parecer perseguição ou malquerença; não tem ferramentas para entender razões e atenuantes da outra pessoa. Na sua simbologia fragmentária, cara séria só pode ser indício de raiva. Falar alto pode ser tolerável, ah!, a pessoa sabe que eu não escuto bem, mas falar alto demais pode parecer provocação. E Rovana não é de briga – ela nem pode ser de briga porque não entende o outro, e por não entender se recolhe, emudece mais, ensurdece mais, se esconde mais. Aí os seus temores se encachoeiram e vazam para dentro de um pesadelo modelado a partir do medo. Esse medo horrível que é o não entender...

Enquanto um perigo não nos atinge, o medo pertence aos outros.

Em casa, Rovana esperneia, ameaça, grita, porque conhece os irmãos, sabe que nenhum deles é capaz de agressões. E a todos vence, ou subjuga, pela irascibilidade. Mas, na rua, na escola, outros, não ousa enfrentar.

Rovana é egoísta. Talvez como resultado de uma vida voltada para dentro. É ambiciosa. De resto, outra forma de egoísmo. *"Mãe, quando a senhora morrer, o seu pagamento vai ficar pra mim?"*

Mamãe, Judá e Rovana repartiam a pensão do papai, desde a morte dele, em 2001. Rovana e Judá recebiam 25% cada um e mamãe os restantes 50%. Depois de fevereiro de 2009, quando a morte veio buscar o Judá no sexto andar do Hospital dos Servidores, a parte dele na pensão foi passada automaticamente para ela. Gostou da ideia de receber mais dinheiro. E, como já vimos, ela não tem hipocrisia. Diz o que pensa. Por isso compreende-se este *"Mãe, quando a senhora morrer, o seu pagamento vai ficar pra mim?"*

CAPÍTULO 30

Palavras da salvação

Ruth escrevia sobre a filha, em 1995:
"De repentemente, a partir dos 35 anos, Rovana passou a usar deliberadamente, e com muita independência, uma construção vocabular e uma interpretação particulares das palavras, a meio baseadas em tudo quanto ouviu e captou, inclusive ou principalmente a linguagem televisiva, comunicação e janela para a sociedade que a rodeia. A captação, a utilização e a criação dessa metalinguagem levam-na a soluções poéticas, inesperadas, muito pessoais, em boa parte impróprias, talvez improváveis, ou podemos dizer estrangeiras, uma vez que Rovana é estrangeira no mundo."

Mamãe tem o dom da observação pontiaguda e certeira. Não é de muito falar, mas quando se pronuncia, seu recado é robusto e consistente. E franco que até dói.

A mim, numa carta datilografada, datada de fevereiro de 1990, escrevia para comentar umas tantas confissões que eu lhe fizera em correspondências. Na carta ela dá, ao mesmo tempo, um retrato da família e um instantâneo de si mesma:

Meu menino:

Comecei a escrever uma carta pra você, comecei outra, terminei uma terceira, e joguei as três fora. Não quero ser interpretada deste ou daquele modo. Quero ser aceita, bem simplesmente. Esta é simplesmente uma prosinha. Você é, de todos os meus meninos

e meninas, o mais parecido com o pai, no modo de ver o mundo. Com uma profunda insatisfação, que era também a insatisfação da Marta e é um pouco a da Júnia. Com você ocorreu uma outra coisa. Você nasceu dotado de um fundo sentimento de justiça, e de uma disponibilidade para servir (no sentido fraterno, franciscano, de abraçar o mundo), tão raros, que jamais vi outros assim no mundo, com tal intensidade. De modo que, quando você erra foi porque procurou o bem. Procurou o bem no mal, por um impulso, bom em si mesmo, cujo fim resulta ser o que são muitas coisas na vida, e não foi analisado, porque você é tão impetuoso quanto colérico. Então a cólera se volta contra você mesmo. E porque você é justo, sofre mais com a injustiça. Essas coisas que você está dizendo na sua carta nós já abordamos, algumas vezes, por alto, e eu não gosto de dar conselhos. Somente falei das alternativas: ou você se constrói e se realiza, ou ganha dinheiro. Eu sou uma pobretona, escolhi, deixei uma carreira. O dinheiro que você me dá cai do céu. Eu o recebo como uma dádiva de amor, porque o amor é o único céu que não me engana. Safadeza? Você nunca fez safadezas. Salvo uns pecadilhos de segredinhos que nunca quis contar, mas que eu sei, e que pertencem a crises de crescimento. Você ganha em nós cada vez mais. Você paga sem dever, até demais, paga de mil maneiras, o meu mundo é mais completo, porque você existe. E agora leia bem o que vou escrever porque neste momento eu quero ser entendida: eu não quero que você ganhe dinheiro; eu quero que você seja feliz. Eu não preciso do seu dinheiro, preciso da sua alegria. Eu sei que você vai interpretar como uma recusa e pensar que talvez eu me sinta ofendida e não é isso. O que me vem de você é você. Você não tem medo de dar o pulo, tem? De começar de novo? De partir para a vida VIDA? De ir. Eu não sei para onde vou, nem sei por onde vou, sei que não vou por aí. Desculpe a literatura, mas o José Régio disse tão bem que não tenho remédio senão repetir. É o diacho, meu amigo Joaquim. Vai em frente. Eu quero você livre, não, não é isso, eu nada quero. Você tal como é, com suas crises existenciais, seus impulsos, seus medos, sua consciência arranhada, sua generosidade intimidada, seu ontem comandando o hoje. Imagine você sem defeito, que criatura chata não seria! Você pensando como a gente pensa, credo! Seja contra nós, querido! Nós estamos aqui. Você me chama formalmente minha mãe e eu vou assinar bem intimamente, bem carinhosamente,

Beijão da

Mamãe

Ela respondia, nessa mensagem, a algumas cartas que eu lhe enviara. Eu comentava meu emprego novo – acabava de deixar uma posição na assessoria de imprensa da Embraer, em São José dos Campos, para assumir a chefia de reportagem da então recém-criada TV Globo Vale do Paraíba, na mesma cidade, hoje TV Vanguarda.

Vou reproduzir trechos, porque serão combustível para a resposta que viria de mamãe, mais tarde, em outra carta que reproduzirei adiante, fechando este capítulo.

"*Minha gente:*

A professora Mariângela foi a primeira a ligar pra me cumprimentar pela entrada na Globo. Interrompeu uma aula que eu dava e até esperava notícia ruim. Mas ela estava mais feliz do que eu. Pessoas como vocês e ela são incríveis: se realizam nos outros.

Chega de papo que já é quase meia-noite e amanhã levanto às seis para despachar uma equipe às 6h40 para o litoral – um vazamento de óleo na praia grã-fina de Maresias, em São Sebastião."

"*Estou sugado, das 9 às 21, mais trabalho de fim de semana, recebendo telefonema para resolver problemas até quando estou de folga. Aprendendo, mas já meio sem paciência de aprender. A grande ilusão platinada. Vocês têm visto, não preciso dizer, a porcaria de telejornal que tenho sido obrigado a assinar. E diariamente começo do zero. Ando banzeiro, meio desanimado. Trabalho pra burro e as coisas melhoram tão devagar em televisão...*

Sumi um pouco de todo mundo pra curtir um pouco a minha insegurança e combatê-la. Todas as minhas fraquezas estão aqui, gritando na minha cara, e eu tenho que me fortalecer. Trabalho diário. Mas, sabem? não estou mudando não. Bom sinal. Ser fraco em um monte de coisas deve ser parte do eu-meu e é bom que assim seja. Inocência garantida, por lo menos."

Tudo nos conforme, espero e torço. Aqui cansadaço, mas vivendo com tudo. A maluca da Júnia me ligou de Paris uma madrugada dessas, na semana passada, porque não se continha de contar que tinha acabado de fazer inscrição para o curso de mestrado. Falou com a boca tão cheia que gozei com ela a felicidade. Diz que está tudo bem, que vai, *fille-au-pair*, tomando conta das crianças, nem falou muito pra conta não ficar alta – dessa vez ligou a cobrar. Parecia muito bem. Estou rabiscando desde aquele dia uma carta pra ela, que se queixa de não ter notícias do Brasil, e eu espeto de pau!

E ainda uma novidade: vou ser o paraninfo da turma de Jornalismo deste ano – missa e baile em fevereiro. Com ofício da comissão de formatura e tudo. Fiquei mais-que-feliz. Dias depois, fui até a sala do 4º ano, pedi licença para a professora, e quis dizer pra classe que eu agradecia e ficava envaidecido com o convite e tudo o mais. E fiquei paspalhão, encostado na porta, dizendo só o pouco de que eu era o paraninfo mais orgulhoso do mundo, e aí uma chuva de palmas, e gritaram o meu nome. E mais não deu pra falar. Zóio véio encheu d'água, eu dei tchau e fui embora. Como é gostoso ser gostado!

Rede Globo é isto, só. Não vai ter mais, acho às vezes.

Rede Globo vai mudar. Isto é só o começo, acho às vezes.

E os dias vão andando. Uns bons, outros ruins. Descobri que não há meio de se fazer um jornal de bom nível todo dia. Depende de haver notícia, do humor da turma inteira, do meu astral, da confluência das situações, da felicidade no texto, do acerto da escolha do caminho. No balanço geral, fazemos o que podemos com o parco recurso que nos dão.

Passei a semana inteira fazendo planejamento com o Karnas para a ampliação da emissora em 73%. Isto quer dizer aumentar, em 1994, de três para cinco equipes, fazer entradas ao vivo de vários pontos do Vale do Paraíba, fixar editores em programas – melhorando a qualidade do Globo Comunidade, por exemplo –, e passar a fazer oito minutos do Bom Dia São Paulo (7h30min) e quinze minutos do SP TV 1ª edição (12h). Câmeras novas (modelo Beta, mais modernas do que as U-Matic de hoje), computadores, espaço maior da redação, gente nova contratada. Projeto ambicioso, caro, mas parece que tem o aval do Alberico Sousa Cruz, diretor da Central Globo de Jornalismo. Agora , esperar pra ver.

A Rovana escreveu se queixando de que eu não escrevo pra ela há anos. E bem pode ser verdade, *me di cuenta*. Vou escrever pra ela. Está boazinha? Judazão de emocionada lembrança tá tranquilo? Vou tirar um fim de semana pra estar aí com vocês o tempo todo.

Vou aos pouquinhos mexendo no seu romance Água Funda, pra gente reeditar. Logo dá pra levar uma amostra pra correção. Ah! Li a crônica sobre o Dito Cego no Valeparaibano. Dá-lhe, mamãe!

Pai, estou do lado da sua foto clássica do menino embaixo do pontilhão, admirando a sua arte e me orgulhando de você.

* * *

Pois, que quando resolve escrever diz mais que um livro inteiro numa página, no dia em que eu completava 40 anos, mamãe escreveu-me esta preciosidade.

São Paulo, 15 de maio de 1995
Meu filho, meu amor e meu muito amigo:
Pensei tanto em escrever esta carta que até sonhei que já tinha escrito. Ou sonhei talvez porque sabia que você não vinha pra cá nesse domingo e a gente que tem saudade acha sempre um jeito de anular a ausência. Pois então é isso. Desejar todos os bens, e todo o bem do mundo pra você não adianta de nada, as coisas são o que são, e serão o que têm de ser. Mas dizer que desejo talvez adiante um pouco, pra você avaliar quanto representa pra mim, isto é: tudo. Sabe que me comoveu ver você todo ocupado, diante daquele fogão rústico do churrasco querendo poupar a gente, seu pai e eu, especialmente, de despesas e de trabalho. Ficamos num

bem bom, só bebendo e comendo, servidos pelas mãos dos anjos, no caso, um anjo só, o quarto filho de Jacó, que é sempre o quarto filho a ficar com os tesouros do reino, como diz a Bíblia, além de arcar com toda a responsabilidade. Foi um dia lindo, não foi?

A Júnia ficou de telefonar pra você, acho que não telefonou. Ela está novamente enguiçada, desta vez com tendinite e sinovite, o que eu acho que era desde o começo, enfim, os médicos têm direito à sua quota de erros. Anda dolorida, e até impertinente, a pobre. Os outros, como de costume. Judá com asma, Rovana gripada, mas frequentando regularmente o balé, Olavo arrumou um emprego e já está trabalhando de 8 às 5 com 1 h de almoço. Eu com o reumatismo viajando entre o joelho, o tornozelo e os dedos (artelhos) e vice-versa. Mas em greve. E lá na assembléia. Papai está ficando revolucionário. Diz que somente agora começou a entrever a verdade. Essa é boa! Anda cansado, não é pra menos. Beijão, meu filho. Não vou escrever Deus te abençoe, porque não é de hoje que ando cabreira com Deus.

Eu te abençoo, imensamente

Mamãe

CAPÍTULO 31

O que Júnia se lembrou da infância com Rovana

Júnia demorou alguns meses para atender meu pedido e escrever sobre a irmã Rovana. Mandou textos, depois, em duas etapas, e os juntei aqui, em sequência, porque se interligam e, de certo modo, se complementam.

Eis o primeiro, escrito em 1994.

Pois Rovana queria ser escritora, como a mãe. Júnia escreveu carta a uma editora de São Paulo, numa tentativa de obter publicação de alguns escrito da irmã.

"Achei que devia escrever algumas linhas a propósito de minha irmã, autora da história mal alinhavada que lhes envio, à guisa de apresentação. Rovana é deficiente auditiva, tem retinose pigmentar, o que significa que tem pouquíssima visão piorando dia a dia, tem retardo mental – o que não quer dizer débil, apenas que sua idade cronológica segue a passos de gigante (como a nossa!) mas seu jeito de menina não é um complexo de Peter Pan, ela é Peter Pan. A síndrome que dizem que ela tem, uma tal de Alport, não a deixa crescer. E não sei dizer se isso é uma desvantagem!

O que os fez nascer assim? Não sei. Antônio José, Judá e Rovana foram pegos pela tal lei da genética porque seus pais se amavam. "Seo" José e dona Ruth são primos de primeiro grau, o pai dele irmão da mãe dela. A consanguinidade atrapalhava os planos de matrimônio, o avô dela (seus pais tinham morrido então) antes disso já não concordava com o pedido abusado daquele primo boêmio. Ignomínia nos anos quarenta do século passado. Ora quem diria! Estou falando do século passado... Tocador de violão e cavaquinho em serestas e serenatas? Deus meu, teria dito o português trasmontano. O médico declarou que Ruth tinha o tipo sanguíneo A-, e que além disso era portadora de genes mal formados, a conclusão que ela tirou foi: teria filhos excepcionais fosse com quem fosse. Escolheu tê-los com aquele que amava. Aquele que ama. E quis muitos filhos, pois o "mundo precisa deles" (sic). Fomos nove, e levanto as mãos para o céu, eu sou a última! Esses dois loucos se casaram, num Brasil de 1949 sem infraestrutura médica para ajudá-los caso tivessem mesmo esses filhos que quiseram e escolheram ter, pobres de marre de ci, ela professora secundária da rede pública, ele fotógrafo; ela escritora, ele artista, ou seja: ambos sem nenhum talento para ganhar dinheiro. O terceiro filho nasceu, diagnosticado, na época, paralítico cerebral, o nome da síndrome deu-a um médico do Hospital dos Servidores Públicos Estaduais há uns três anos, mas hipótese ainda não confirmada; e a partir daí, um sim um não, éramos todos excepcionais. Eu acho esta palavra magnífica: excepcional. Então não o sou eu também? E você? Em alguma área, em alguma coisa, de alguma forma. Rovana é excepcional. Vocês nem podem imaginar quanto! Ela não sabe por que os médicos não lhe dão uns óculos, enxerga tão mal e ninguém liga! Às vezes se revolta, mas aceita. Eles devem ter lá suas razões, afinal de contas. É. Eles têm... ou melhor: eles não têm. Não podem fazer mais do que fazem. Não hoje.

Estas "poucas linhas" vão ficar maior do que a história que Rovana escreveu!

Eu pedi que ela escrevesse. As histórias de seus amores. Não corrigi uma linha sequer. Seria bom se ela pudesse ler algo seu publicado, mesmo que não fosse premiada. Só porque ela ainda pode ler..."

Era uma vez, no parque da Estação da Luz, lá eu estava sentada no banco junto com a minha mãe, a minha mãe cortava a maçã pra gente comer, logo apareceu o rapaz, sentou ao lado dela, e não parava de me olhar. Aí ela perguntou o quê ele faz, tem carro etc... E depois me perguntou, aí eu disse eu vou pensar. Eu não sabia, que aquela idade que não se importa para namorar! Um dia, eu não fui ao encontro. Fui visitar minha amiga! Outro dia, voltei ao parque junto com a minha mãe, e depois não encontrei mais ele. A gente estava indo embora, eu chorei por causa disso, não queria chorar! Já perdi e arranjo outro!

Naquela noite eu parei na praça da República, só esperando a chuva passar, logo apareceu outro homem conversando comigo, eu respondo muito poucos menos. Ele só estava me paquerando eu só não queria. Fui caminhando e foi junto comigo. Eu só achava que ele era estranho. Eu não entendia que ele queria que eu desse telefone. Cheguei a pegar metrô e ele foi embora, que me despediu. Mais outra história. Fui dar um passeio junto com a minha família no Sesc Pompeia, aí eu ficava olhando coisas bonitas, de repente perdi a minha família, não sei por onde eles andavam, aí eu fui continuando vendo a cada quadro mais bonito, e de repente um homem mais bonito que me apareceu, que eu não esperava! E foi conversando comigo (mas eu não tinha aparelho de ouvido) eu disse a ele "Eu não escuto muito bem", eu não lembro o quê eu disse aquelas coisas! Ele me disse também a mesma coisa. Ele gostaria que me apresentar a família dele. Eu não sabia o quê fazer. O meu coração, como tivesse batendo! Eu estava gostando do homem, é o certo que eu queria. Ele estava me levando, logo apareceu a minha família, eu apresentei ele a todos. Aí, a gente estava andando, ele ao meu lado, conversando com a minha mãe. Aí chegamos até a família dele e fomos apresentados, e conversando, e depois despedimos eles, eu não sabia pegar endereço e telefone. Outro dia eu voltei no Sesc Pompeia e foram muitas vezes. Na verdade fim nunca mais encontrar ele. Na verdade, gostei muito dele, fiquei se apaixonando, só de pensar nele sempre! Depois nunca mais voltei a pensar nele. Porque não adianta mais. Eu já perdi desta vez. O nome dele é Douglas Francisco. Eu nunca mais esqueci o nome dele. Disse que mora na Lapa, eu acho. Que eu tivesse apaixonada por alguém.

Não sabia lidar o namoro. Me lembro quando eu tinha quinze anos, passava alguns dias em Paraty. Lá eu estava tão bonita, tão bonita, com vestido longo, azul claro, a minha irmã estava no meu lado, muitos rapazes me olharam, me assobiaram, me paqueraram.

Outro dia, em outra cidade Angra dos Reis, numa praça, eu estava junto com os meus irmãos no banco. Depois eu fiquei sozinha, aí vieram dois ou três rapazes, um deles sentou ao meu lado, sorriu para mim, conversando! Aí fui pro carro e contei pra mamãe, ela disse "não".

Em São Paulo, que eu morava com a minha família. Eu fui paquerada por alguns garçons, pelo olhar deles, em alguns restaurantes, eu nunca reparei, a minha família já repararam. Essas histórias todas, é tão pedaços!

O segundo texto de Júnia, mais recente, é menos historiográfico e mais confessional.

"Minha relação com a Rovana foi sempre de estranhamento. Eu nunca tive muita paciência com ela. Aliás, nunca tive paciência com nada, mas com ela era demais. Eu sempre gritava, exagerava – e depois me arrependia. E pedia desculpas. Mas era mais forte do que eu. Muita coisa aceitei porque sou mais nova e crescemos juntas. Aos poucos fui eliminando nossos seis anos de diferença e acabei ficando mais velha do que ela. Eu aprendi que

Rovana tinha limitações, o que não amenizou minha impaciência. Eu não admitia suas malvadezas propositais, talvez herança dos Borges. Byorgsen, se o escrivão tivesse escrito corretamente o nome de nossos ascendentes suecos. Mesmo assim sempre nos ajudávamos, sempre éramos meio cúmplices. Estávamos juntas porque éramos iguais. Gostamos das mesmas coisas: de passear, de cantar, de andar de carro e de fingir que dormíamos para o passeio "continuar", de escrever cartas, de tomar banho de rio, de pegar o Olavo e dar umas porradas nele, de ir pra escola.

Quando eu tinha 4 ou 5 anos Rovana e eu cantávamos. Ela só aprendeu a falar com 14 ou 15? Se eu tinha 4, ela teria 10? E a gente cantava? Eu tenho certeza que sim! Meu pai cantava, minha mãe cantava, meus irmãos cantavam. Por que Rovana não cantaria?

Rovana era muito alegre. Do mesmo jeito que enraivecia, chorava, gritava, cantava e ria.

Judá, Rovana, Olavo e eu estávamos na mesma salinha de maternal, ou pré, ou sei lá como se chamava isso. Sempre ficávamos de castigo na hora do lanche porque um ficava espezinhando o outro. "Olha ele aqui!" "Olha ela aqui!" Rovana e Judá não falavam? Sei lá! Mas deduravam. Contavam histórias. Acompanhavam nos brinquedos. Quinta-feira era dia de cortar as unhas, entravam na fila e não precisávamos chamar. Como sabiam que era quinta-feira? E que era preciso cortar as unhas? E como eu me lembro que era quinta-feira? Sei lá!

Escrevíamos cartas para o meu pai todos os dias, que tinha ido passar 45 dias no Piauí, pelo projeto Rondon. Era bom escrever! Era bom receber cartas. Esperávamos o carteiro na porta todos os dias. Dividíamos os selos, os envelopes, os amigos. Minhas cartas muitas vezes ficavam rodando pelas gavetas, envelopadas e seladas. As suas sempre chegavam ao destino. Porque tinha uma responsabilidade muito grande para com as pessoas. Porque ela

175

precisava "falar", contar, dar notícias. E precisava "ouvir" respostas. Eu estava só me divertindo, carta escrita, contrato concluído. Ela ficava triste se as pessoas não respondiam, se se esqueciam dela. Não tinha a noção do tempo, porque tinha todo o tempo do mundo. Mas nem por isso desistia. Eram seu meio de comunicação, sua ligação com o mundo."

É compreensível a dúvida que Júnia guardou da infância. Rovana cantava, sim, aos 10 anos. Ou melhor, repetia algumas palavras, com o seu jeito peculiar de pronunciá-las. Não era totalmente muda. Mas não falava, no sentido estrito da comunicação. Sua interação com os outros se dava, no mais das vezes, por meio de caretas, gritinhos, olhares – quase sempre raivosos e impacientes. Aos 14 anos, pouco mais, pouco menos, começava a construir frases completas. Foi a partir dessa sintaxe que consideramos que Rovana falava. Antes disso, comunicava-se, tão-somente.

Júnia, sempre valente, repetiu a franqueza e a coragem nesse texto. Quem ganha é a verdade.

Em 4 de dezembro de 1990, passando umas férias com a irmã, em São Paulo, Rovana fez uma espécie de "relatório de viagem", numa carta escrita à mãe.

Querida Mamãe

Como vai a sra?

Já recebeu o meu recado, eu disse ao pai "Dê o meu abraço pra mãe, pra ela tomar cuidado a perna dela".

Mamãe, hoje eu recebi a carta da Tia Elza e convite de casamento dela, é aniversário de 50 anos de casamento deles, eu levarei a carta pra sra.

Falta uma semana que eu estou aí, tá legal?

Ontem à noite eu estava vendo filme Tron, uma odisséa eletrônica, na tela Quente da rede Globo, eu adorei o maior fantástico
colorido filme, foi lindo demais!

A sra precisava ver.

A Júnia foi hoje no centro cultural São Paulo, ensaiando ou
apresentação de coral.

Eu estou em casa o Olavo está aqui lendo deitado no sofá e
brincando comigo, de repente.

Acabei de ver o filme Policial no espaço, agora estou vendo
filme As Panteras no canal 11 tv Gazeta.

(No verso da folha, o relato prossegue, já com a data de 5 de
dezembro):

Foi demais que eu passeei e me diverti muito demais!

Na manhã eu e a Júnia estivemos viajando em São José Dos
Campos, chegamos lá e esperamos o Joaquim, mais tarde chegou
fomos no carro, damos voltas pela cidade, e chegamos no banco
real dele, fica perto da rua Nelson D'avila, ficamos lá até meia
hora, depois o Joaquim te emprestou a Júnia bastante dinheiro
pra comprar passagem de avião pra França e depois fomos na
casa dele, a Júnia ficou lendo que ele estava escrevendo no computador, e depois fomos ao shopping Center Vale, lá comprou uma
bolsa pequenina para colocar remédios, carteiras etc... almoçamos, fomos quer dizer foi uma grande delícia!

Depois, fomos na rodoviária, e despedimos o Joaquim, e às
2 hs da tarde foi rápido que tomando ônibus, voltamos pra São
Paulo e fomos na cidade, paramos na Varig Turismo, e subimos
a escada, paramos no 4º andar, depois a moça te chama Bia
atendeu a Júnia e fez as papeis de passaporte.

Amanhã ela vai buscar o troco, eu também vou!

Hoje tem feira da solidariedade, até dia 9 deste mês, é no marquise Ibirapuera.

Que eu puder, eu vou!

Semana que vem está chegando, mamãe!

Vou parar de escrever pra sra, porque vou estar aí, mamãe!

Tô com muitas saudade da sra, espero que ver!

A Júnia foi na Faculdade e conversar com a colega dela sobre a matrícula da Júnia no ano que vem.

O Olavo está aqui só está brincando comigo, ele é um cara chato!

O Dé esteve aqui em casa foi ontem à noite e hoje está trabalhando, nem sei quando ele volta!

Estou te até escrevendo muito o meu diário, tantas coisas pra contar!

Até parece que nunca mais vou parar dde escrever, que loucura!

Mamãe, vou parando por aqui, estarei aí dia 16 deste mês, eu te contarei como foi a festa de aniversário da Cláudia, tá legal?

Nós irmãos estamos com saudade da senhora, os dois mandam um abraço.

E um forte abraço

da sua filha

mais querida

te gosta muito da sra.

Rovana

Em carta cujo envelope leva o carimbo dos Correios de 29 de setembro de 2009, Júnia (já então mãe da Maria, minha Maria, com quase quatro anos) escreveu uma cartinha para Rovana. Judá morrera meses antes.

Sabe, Rovana? O Judá gostava muito de você. Você passeava com ele, ajudava ele, falava para a gente o que ele não conseguia ou não sabia falar.

Todo mundo briga um com o outro um dia ou dois, mas isto não significa que não gostamos das pessoas.

Isto só significa que de vez em quando perdemos a calma.

O Judá nunca ficou com raiva de você, sabia?

Ele era muito bonzinho.

Ele entende que não era por maldade que vocês brigavam de vez em quando.

Não fique triste, pense nas coisas boas que nós fizemos juntos. A gente se divertiu muito, muitas vezes, não é?

Jogando baralho mau-mau, nadando no rio, indo ao show do Roberto Carlos, correndo na chuva, fazendo compras, andando de bicicleta até o Bambuzinho, no Quilombo, passeando na Avenida Paulista no Natal.

Eu tenho certeza que você foi muito legal com ele e eu tenho certeza que ele sabe disso! Ele era um irmão camarada e você também é uma irmã camarada.

Então fique alegre, porque ele quer ver você sorrindo, tá bom? Um beijão da

Júnia

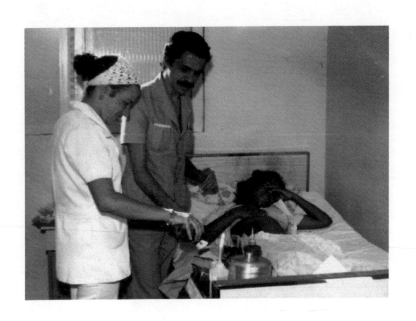

CAPÍTULO 32

Susto

Poucos dias depois do aniversário de Rovana, em agosto de 1979, recebi um telefonema, no meu trabalho, no Instituto Nacional de Pesquisas Espaciais, em São José dos Campos. Era minha mãe, pedindo que eu fosse para Cachoeira Paulista, porque Rovana tinha tido uma crise de dor, fora levada ao médico e estava sendo operada naquele instante. Mamãe chorava no telefone, ela que jamais chorava. Fiquei assustado. Avisei meu chefe Celso Sacchi, entrei no carro e venci os 100 quilômetros de distância em tempo reduzidíssimo. Estacionei apressado, entrei desabalado na Santa Casa de Misericórdia e voei para o quarto. Lá, mamãe estava sentada na cama, com ar desolado e olhos vermelhos, aguardando qualquer informação da equipe médica. Papai tinha ficado em casa, cuidando dos outros irmãos. Eu não soube o que dizer, para consolar aquela em cuja fortaleza eu estava acostumado a descansar anseios e temores. Apenas abracei-a, com um soluço encalacrado no peito.

Aurelino, ex-aluno dela, amigo filho de amigos, entrou no quarto logo depois. Era o médico que atendia o caso de Rovana. Estava sério, mas aparentava tranquilidade. Informou que precisava de uma autorização e levou-nos para uma saleta, onde queria mostrar os procedimentos que fora obrigado a tomar. Sem cerimônia, apanhou num tanque um pedaço grande de intestino grosso, coisa de 15 centímetros, e com a ponta do bisturi foi indicando onde estava a fissura que causava todo o problema.

Ia apontando e explicando a cirurgia que tivera que fazer, dada a urgência do assunto. Apelei para toda a minha coragem e até tentei balbuciar um comentário, mas não consegui me dominar e arriei no chão, num desfalecimento. Resultado, mamãe teve que vencer a fraqueza e, além de me socorrer, foi obrigada a ouvir sozinha a explicação do médico. O assunto virou anedota de família...

Em duas folhas soltas de caderno, datadas de 30 de setembro de 1979, Rovana faz o relato do ocorrido.

"Como vai, meu diário?

Faz tempo que eu não te escrevo, porque eu estou doente, estou internada aqui na Santa Casa.

Vou te contar a novidade, escute!

No dia 10, eu fui estudar, fui na padaria. A minha barriga doeu um pouquinho só. Aí cheguei em casa e fui dormir. No dia seguinte a minha barriga doeu muito muito, fiquei na cama. Faz 4 dias a minha barriga não doeu mais. No dia 17 eu acordei, meu pai me mandou lavar roupa. A minha barriga doeu e eu rolei devagarinho. Fiquei barriguda. Toda hora peço meu pai me dá água. Ele deu chá com remédio e fez pôs pano quente nos meus pés. Fiquei tremendo de frio sem parar. A mãe voltou e me viu que eu estou doente. Depois a minha mãe saiu e foi buscar táxi. Meu pai me carregou e me deu cobertor. Eles me levaram no médico Tio Darwin e depois me levaram na Santa Casa. O enfermeiro me levou no quarto e me fez injeção e depois o Dr. Aurelino mandou me operar. Aí falei pra mãe que não quero cortar barriga porque eu tinha um pouquinho medo, sabe?

Aí trocaram minha roupa e me levaram a sala de operações. Eu estava caindo sono outra vez, eu não vi que me fez injeção, aí dormi – tão de repente e depois mais tarde eu acordei e estava no quarto 8 bonito. Todas vezes os meus manos e meu pai e

*minha cunhada vieram me visitar. Também o meu tio Albano e
meu amigo Maciel e minhas duas amigas Sosiva e outra não sei
nome dela.*

*Poxa, faz 10 dias que não como comida. Sabe, estou bem me-
lhor, estou sarando ainda.*

Tchau, meu diário!"

O diário foi retomado a 2 de outubro, dia em que Rovana
deixou o hospital.

Mais um salto de tempo no diário. No dia 18 de outubro, o
seguinte relato:

*"Outra vez faz tempo que não escrevo mais. Sabe, no dia 4 eu
estava lá em casa e de repente a minha barriga está doendo. Aí
minha mãe veio e ela chamou táxi. O Judá me carregou e me põe
no carro. A mãe me levou Santa casa, a enfermeira me levou no
quarto número 7, o doutor Aurelino me operou outra vez.*

Nossa, estou ficando 15 dias aqui."

Depois de uma temporada em casa, Rovana voltou a ser internada no dia 29 de novembro. Papai Zizinho anota, no diário
número 9 de Rovana, nessa data: "A Rovaninha vestiu uma saída de banho vermelha, bonita, e está toda serelepe vigiando a
porta do quarto (número 3). Foi neste quarto que a Mãe ficou
quando nasceram Judá e Rovana."

Foram mais quatro dias, para profilaxia. (Judá ficou inter-
nado durante o mesmo período, no quarto ao lado, para uma
correção da tireóide.)

No dia 25 de janeiro de 1980, ela conta que foi até a Santa
Casa, com o pai. (Não sem antes escrever várias linhas cumpri-
mentando a cidade de São Paulo, pelo aniversário.) *"Depois eu
e ele fomos a pé pra ir na Santa Casa, ah, outra vez! Andamos,
andamos e chegamos na Santa Casa, depois sentamos no sofá
da sala Dr. Celso Morais Jardim e esperamos. A enfermeira me*

chamou, aí fui, ela cortou os pontos na minha barriga e o tio Aurelino veio e viu, aí eu gritei duas vezes e chorei. E dói mesmo, ai que dor!"

Desse médico há muitos relatos, como já vimos. Um deles, de 28 de janeiro de 1980: *"Eu sonhei o tio Aurelino, ele me deu 'oi' e eu também dei 'oi' pra ele. Ele me convidou pra passear de carro, ele me levava passear algum lugar e conversamos e ficamos contente. Ele é tão bom para mim. Ele disse que vai me levar passear outra vez. Gosto do meu tio Aurelino. Aí de repente eu acordei. E depois eu ficava feliz em sonhar o tio Aurelino."*

A diverticulite já custara a Rovana duas cirurgias. Mas ela enfrentaria outras onze, nos 30 anos seguintes.

Marcos, em depoimento, anota que nessa época estava servindo o Exército, em Lorena, e que foi algumas vezes doar plasma para a irmã. A recuperação, em casa, foi lenta e incluiu um período em que foi necessário o uso de uma bolsa de colostomia, porque havia sido feita uma junção cirúrgica do cólon com outra parte do intestino, para desviar as fezes até que cicatrizasse a cirurgia. Ninguém pode imaginar o que passou pela cabeça de Rovana, quanto medo ou dúvida atropelou as suas conjecturas solitárias. O fato é que ficou nítida uma involução nas suas atitudes e no seu desempenho. A caligrafia piorou sensivelmente. A articulação do pensamento expresso nos diários ficou mais infantil e truncada. Rovana andou para trás. Inclusive na tolerância.

CAPÍTULO 33

Aniversários

Logo depois do dia de Santo Antônio, passada a festa caipira que mamãe faz questão de ter para o seu aniversário, com fogueira e sanfona no quintal, Rovana começa o seu próprio marketing. Constrói uma longa lista de presentes de aniversário, e remete na forma de cartas para todos os irmãos, amigos e parentes. São listas engraçadas, que incluem televisão nova, viagem para a Europa e envelopes ou selos.

Para a festa dos 48 anos, comprou letras garrafais de isopor, em azul e rosa, e montou ela mesma a frase "Feliz aniversário, Rovana", pregando uma após outra na parede da varanda. Decidiu não tirar o enfeite, depois da festa, e a frase ficou lá, ilustrando uma lembrança. Aos poucos as letras foram descolando, caindo sozinhas. Ficou o rastro, carimbado na parede, até hoje.

CAPÍTULO 34

A síndrome

Em 1984, eu me preparava para o meu casamento. Jornalista já atuando no mercado, conheci médicos e especialistas em genética. Resolvi visitar o Laboratório de Genética Humana da Universidade de São Paulo, onde, ouvira falar, havia pesquisas em andamento sobre questões de consanguinidade. Ciente de que papai e mamãe eram primos em primeiro grau, filhos dos irmãos Antônio e Maria, preocupava-me com a normalidade dos filhos que queria ter. Inquietação aumentada pela existência de um tio da minha noiva Terezinha, com acentuado retardo, má-formação que a família dela jamais pôde explicar – mais tarde saberiam que se tratara de acidente de parto, nada mais.

Pois procurei o Dr. Paulo Alberto Otto, no campus universitário da USP. Antes de qualquer coisa, o médico pediu detalhamento do nosso histórico familiar. Isso demandou longas conversas com os pais e muitas informações antes desencontradas foram ganhando sentido. Ainda que sem experiência médica, Zizinho e Ruth eram esclarecidos e estudiosos e tinham a curiosidade dos observadores. Cada conversa melhorava o entendimento e cada avanço no entendimento produzia melhor conversa.

Ao final do levantamento, com o mapa das sandices dos antepassados, ascendentes e colaterais, fomos, Terezinha e eu, para nova consulta com o Dr. Otto. O prognóstico foi alentador: tínhamos cerca de 5% de chances de gerar filhos com deficiência, percentual dentro da média brasileira. Mas, algo nas informações trazidas havia feito tinir um sino lá no cérebro do médico. Era muita coincidência três pessoas de uma mesma prole (Juca, Judá e Rovana) apresentarem os mesmos traços de deficiência. Não podia ser afasia, como haviam pensado os primeiros médicos que atenderam os três. A afasia é a perda da capacidade da linguagem por causa de lesão no sistema nervoso central. Como seria possível lesões semelhantes em três pessoas diferentes, nascidas sob diferentes circunstâncias? A mesma impossibilidade teórica contemplava a paralisia cerebral, igualmente resultante de lesão no sistema nervoso central. Juntando os pedacinhos de depoimentos, chegou a um estudo feito em 1927, mas ainda não muito conhecido no Brasil, tratando de um mal chamado Síndrome de Alport. Esse estudo inicial apontava nefropatia hereditária, frequentemente associada a surdez neurossensorial. Parecia claro que o Juca sofria desse mal.

A dificuldade de diagnose naquela década de 1980 era mais problemática ainda porque as principais publicações sobre a Síndrome de Alport tinham tido o foco apontado para a oftalmologia, desde que Sohar, em 1954, observara a presença de comprometimento ocular nas vítimas dessa síndrome. Por essa razão, grande parte da literatura médica não estava divulgada na área da genética, mas da oftalmologia. Ainda assim, trabalhos bastante recentes, numa época em que não estava disponível ainda a Internet, que faz trafegar com celeridade as novidades, inclusive as médicas. Uma pesquisa rápida mostra que a Revista Brasileira de Oftalmologia começa a ter material publicado sobre a Síndrome de Alport em 1976, com um estudo específico de V. J. Freitas, chamado *Lenticone Anterior na Síndrome de Alport*. Outro trabalho foi publicado pela mesma revista em 1983 ("Síndrome de Alport", de L. Andrade Jr. e Laércio W. Andrade Neto). Mas parece que o estudo de mais impacto sobre o assunto é ainda mais recente: "Achados oftalmológicos na síndrome de Alport: a importância do oftalmologista no diagnóstico.", de autoria de W. C. A. de Siqueira e de J. M. Rosatelli Neto, apresentado no XXV Congresso Pan-americano de Oftalmologia, no Rio de Janeiro, em setembro de 1989.

CAPÍTULO 35

Salto para 2010

Estamos em março de 2010. Um salto necessário para que a trajetória de Rovana seja apreciada com olhos de presente, na leitura das anotações que ainda serão inseridas neste registro.

Ela passou por internações frequentes, nesse exato ano depois que foi constatada a falência renal. Inexorável, conforme os médicos, a decadência dos rins parecia, até o ano passado, 2009, não ter a mesma força, no seu corpo magro e rijo, do que teve no corpanzil de quase cem quilos do Judá.

Foi assim.

Judá morreu na madrugada de 3 de fevereiro de 2009. Sufocado por uma dispneia prolongada, meio rotineira e por isso despercebida, no sono. Olavo dormia, ao lado da cama do Hospital dos Servidores, abatido pelas jornadas e noitadas de acompanhamento que ele, Júnia e eu fazíamos, havia 19 dias. Acordou, às quatro da manhã, meio bêbado de sono, com gritaria de enfermeiras e médicos, encontrões, passos rápidos. Demorou para arranjar as ideias. Quando entendeu, ligou pra me dizer que Judá agora estava descansando. Não entendi a metáfora, de imediato. Pensei que teria sido uma noite difícil, como estavam sendo as noites dos últimos meses, e que agora ele dormia. Dormia. Dormia. Sereno. Judá era um cara sereno, cordato, de raras assustadoras cóleras. Dormia, agora. Sem cólera. Sereno. Dormia. Dorme.

Naquele dia 3, passei a manhã providenciando papelada, remoção do corpo, avisos, enquanto Olavo e Júnia se dirigiam para a Cachoeira, para que chegassem antes do corpo. Preferimos nem avisar mamãe, já com seus 89 anos, lúcida e ativa, mas de pouco descansado coração, com umas oscilações súbitas de pressão arterial. Não deu tempo. Amigos, avisados, resolveram mandar uma coroa de flores para a chácara. Marcos, morando ao lado, percebeu o movimento e interceptou a entrega, mas achou melhor contar à minha mãe o que acontecera, para que não fosse apanhada de surpresa com outra coroa de flores que homenageasse a morte ignorada.

Dias penosos, este e o seguinte. Tratamos, na quinta-feira, de arrancar mamãe e Rovana, então as duas únicas remanescentes da chácara, para uns dias em São Paulo, no apartamento da Júnia. Era preciso deixar ao longe, por breve que fosse, o lugar de agonia do Judá antes da internação definitiva. Tocamos para São Paulo, deixei as duas com a Júnia e fui para casa. Cedo, cedo, na manhã seguinte, dia 6 de fevereiro, acordei sobressaltado por um telefonema. Rovana não estava passando bem. Tinha tossido a noite inteira e mostrava dificuldade para respirar. Júnia pedia que eu fosse levá-la ao hospital; precisava ficar ao lado da mamãe, de pressão alterada. Fui, indaguei, esperei, informei, aguardei, acompanhei. Ao fim de muitos e muitos exames, a médica jovenzinha mostrou resultado que acusava o nível de creatinina extremamente elevado, mais de dez vezes o valor normal de referência. Diagnóstico: falência renal. Naquela noite segui na frente, com meu carro, e Olavo foi com ela, numa ambulância, para o Hospital dos Servidores. Era a *via crucis* do Judá sendo reeditada, apenas três dias depois da morte dele.

CAPÍTULO 36

Outra escritura

Rovana tinha ficado toda moderninha. Estava aprendendo com a Júnia a operação do computador. Isso em 2007. A façanha só foi possível depois de uma consulta a um instituto especializado em defeitos visuais. Rovana ganhou óculos especiais, de lentes grossíssimas, espécie de lunetas. Com eles, conseguia enxergar as letras e a seta do cursor. E, catando milho, escrevia sem parar para os amigos e irmãos.

Reuni aqui algumas mensagens que resgatei do seu computador. Mantive o formato original. Esta primeira, via Windows Messenger, foi entre mim e ela, em 2009, quando já submetida a um processo de hemodiálise, três vezes por semana, que a deixava sem apetite e desanimada. O cateter, instalado no pescoço, era um incômodo a mais.

Joaquim Maria diz:

– Oi. Tudo bem. E você?

Rovana diz:

– estou bem apesar doeu muito a minha boca inteira que eu não conseguia comer direito e dor no fescoço eu já tomei o o remedio

Joaquim Maria diz:

– Isso. Tome o remédio direitinho. A mãe vai marcar pra você ir no reumatologista. Fala pra ela.

Rovana diz:

– a mãe vai marcar no médico

Rovana diz:

– chegou o pc pra tania ,não sei o que é

Rovana diz:

– vem do correio

Joaquim Maria diz:

– O pacote está no nome da Tânia, mas é remédio pra mamãe. Pode abrir.

Rovana diz:

– a mãe abriu é diovan

Rovana diz:

– almoçei dois pratos de sopa de arroz e dpes

Joaquim Maria diz:

– Que beleza. Ficou com a barriguinha cheia, né?

Rovana diz:

– precisava comer

Rovana diz:

– a minha boca não deixa pra comer

Rovana diz:

– e vc já almoçou??????????

Rovana diz:

– eu tava com 40kg e 6gr

Joaquim Maria diz:

– Engordou um pouquinho, né?

Recadinho da Rovana para mim, também pelo Windows Messenger, relatando as travessuras da sobrinha Maria, de quem às vezes tomava conta, quando Júnia precisava se ausentar brevemente.

A Maria senta no meu colo e outras vezes pintar as tintas canetas livros no chão copo caiu de água limpou toalhinha eu passei pano tinta branca no chão limpei comeu brigadeiro que ela me mostrou na geladeira essa Maria!!!

Esta outra mensagem é para a amiga Bernadete, que mora no Rio de Janeiro.

oi minha amiga?
tudo bem?
é a 3 vez eu estive em são Paulo fazendo companhia pra minha mãe. é que ela trabalha na academia de letras e eu passeando graças a deus estou muito bem muitas , muitas , muitas saúde e melhor tb na quinta vou de novo em sp eu amo em sp
desejo bom fim de semana
eu não consigo encontrar vc no net. tá dificil,heim!?!
vc esta ai de repente some
tudo bem a gente se encontra
vc mora sozinha?
hoje esta muito mais calor
desde ontem, nossa!
duvido que não vai chover
a minha mãe esta bem,graças a deus!!
eu volto em outras horas
bjosbjos
rovana

Mas a última mensagem significativa, Rovana escreveu por e-mail em 09 de fevereiro de 2010. Estava eufórica com uma possível ida a São Paulo, prevista para o dia 27 de fevereiro. Seria aniversário da Carol, filha da Denise.

Denise, em 1975, era uma menininha de cinco anos, alegre e conversadeira, que frequentava a cidade de Praia Grande. Meus pais, nessa época, passavam temporadas de férias na casa de praia do primo Itaicy, na mesma cidade. Rovana, então com 15 anos, virou a companheira de brinquedos de Denise, nos dias folgados de balneário. Mantiveram amizade pela vida inteira. Algumas vezes, Rovana foi visitar a amiguinha, na capital, sempre acompanhada da mamãe ou da Júnia. De uma feita lhe foi permitido ir sozinha – minha família deixava que ela enfrentasse, às vezes, pequenos desafios como esse, pelo bem do seu desenvolvimento emocional. Perdeu o caminho e deu o que fazer para voltar ao rumo certo. Mas conseguiu. Durante muito tempo orgulhou-se da aventura, embora disfarçasse o contentamento sob a forma de queixas.

Denise cresceu. Começou a namorar. Completou faculdade de Direito. Casou-se. Engravidou. Manteve-se trocando cartas gentis com a amiga Rovana. Que ficou felicíssima quando nasceu Carol. Considerou que a menina fora um presente que a Denise lhe dera.

Pois, naquele fevereiro de 2010, Carol completaria 15 anos. Rovana recebeu a informação, primeiro por um correio eletrônico, no final de janeiro.

"Rovana
tudo bem
estou numa corrida só aqui, trabalhando que nem doida e cuidando dos preparativos do aniversario da Carol
me escreva no email o endereço para mandar o convite
e vc como está de saúde? ainda fazendo a hemodiálise ? melhorou?
isso não está impossibilitando vc de se diverti, vi nos torpedos que vc tem passeado bastante, que bom.
e sua mãe e seus irmãos?
a Junia alugou seu computador?.... mas não tem problema , agora podemos falar,
estou com saudades tb
esperamos vc no aniversario da Carol – será dia 27/02/2010
o aniversario dela de verdade é dia 28/01, mas a festa será

em fevereiro por causa do carnaval, e porque as aulas ainda não começaram
  beijos
  Denise"

Rovana apressou-se em responder, aproveitando para botar em dia, no dia 2 de fevereiro, as "novidades". Note-se o uso das maiúsculas. Enxergava cada vez menos, por causa da retinose.

From: <u>Rovana botelho</u>
To: <u>deniseana.advogadas</u>
Sent: Tuesday, February 02, 2010 10:11 PM
Subject: RE: endereço

  oi AMIGA DENISE?
  COMIGO ESTA TUDO ÓTIMA E MELHOR EU CONTINUO FAZENDO HEMODIALISE, AINDA!!!!!!!

HOJE EU FUI ANDAR NA RUA FAZER COMPRINHAS, AS VEZES A MINHA EMPREGADA VAI COMIGO.

ELA GOSTOU DE FICAR COMIGO NO HOSPITAL E ME VISITANDO.

ELA ACHA É DIVERTINDO É ENFERMEIRAS, MUITO ENGRAÇADOS!!!

MAS AGORA EU NÃO QUERO MAIS IR INTERNAR NO HOSPITAL, PELO AMOR DE DEUS!!!!!!!!

A MINHA MÃE ESTA BEM, APESAR TEVE DE IR NO PRONTO SOCORRO EM LORENA E TOMOU SORO DURANTES TRES HS E ESTA MUITO BEM. OS MEUS IRMÃOS ESTÃO BEM TB,GRAÇAS A DEUS !!!!!!

UÉ EU PENSEI QUE ERA DIA 26 DE JANEIRO,EEEEEE DENISE!

COM MAIOR CERTEZA EU VOU EM SP NA FESTA DA CAROL, MINHA SOBRINHA MAIS QUERIDA

PRIMEIRO TENHO QUE FALAR COM A MINHA MÉDICA.

ELA JÁ ME DEIXOU DUAS VEZES , NÃO PUDE IR PASSAVA MAL, AI CREDO!!!!!!

PODE DEIXAR QUE EU VOU

TO MORRENDO DE SAUDADES DE VC, DEMAIS!

DE OS MEUS ABRAÇOS PRA TODOS AI,TÁ BOM?

UM ABRAÇO BEM APERTADO DA SUA SEMPRE SEMPRE AMIGA

ROVANA

TE ADORO

Denise respondeu, gentil como sempre.

"OI ROVANA

TUDO JOIA

TOMARA QUE ELE DEIXE VOCE IR NA FESTA
DENISE"

Começava uma espera angustiada pela chegada da carta. No dia 3 de fevereiro, Denise mandou nova mensagem:

"Oi
tudo bem?
já recebeu o convite?
Denise"

Custou a Rovana um tempo longo para ganhar força e escrever de volta para a amiga. Caminhava com dificuldade, o processo de hemodiálise deixava-a prostrada, mas não se rendia. Guerreirazinha, no dia 6 de fevereiro, quando se completava um ano do diagnóstico de falência renal, Rovana escrevia de novo para Denise. Não se cansava de dizer a todos de casa que iria de qualquer maneira à festa da Carol.

From: Rovana botelho
To: deniseana.advogadas
Sent: Saturday, February 06, 2010 1:30 PM
Subject: RE: endereço

oi denise?
hoje esta muito calor, nossa!!!!
eu estarei ai em são paulo. primeiro vou falar com a minha médica que ela me deixar ir.como esta o seu fim de semana?
estou melhor
bjssssssssss
rovana

199

No dia 9, Rovana estava impaciente. O convite chegara, pelo correio, mas foi a mamãe quem guardou. E mamãe, quando guarda alguma coisa no meio de suas centenas de livros, jamais encontra de novo. Rovana, dentro da sua inata formalidade, considerou que precisava do convite para ir à festa, e estava sumamente incomodada com o desaparecimento da carta. Tratou de escrever novamente para a amiga.

From: Rovana botelho
To: deniseana.advogadas
Sent: Tuesday, February 09, 2010 10:09 PM
Subject: RE: endereço

querida Denise
como vai?
por favor mande outro onvite para mim pelo correio, é que eu não tava aqui para receber a minha mãe me disse que chegava e guardava agora não sabe mais onde esta
estou ansiosa de ver a carta
hoje esta muito calor a tarde final chove bastante to ótima e saúde e vc como esta???????????????
to morrendo de saudades de vcbjosssssssssssssssss
rovana

A resposta foi rápida.

"Rovana
estou encaminhando por email porque acabaram os convites
está anexo
Denise"

O convite eletrônico chegou. A preocupação de Rovana, agora, era melhorar a ponto de obter da sua médica nefrologista autorização para a viagem a São Paulo. Agarrava-se a essa festa e a essa amiga como se estivesse agarrando a própria vida.

Ela não iria a essa festa. Piorava a cada dia. A despeito disso, dizia, a todas as pessoas, que estava melhor e que ia sarar pra poder morar em São Paulo. Como eu disse no começo deste capítulo, foi a última mensagem significativa que Rovana escreveu no seu computador.

CAPÍTULO 37

Antecedentes

Não descobri a cabeça. Tremia embaixo do lençol, ouvindo o choro desesperado do meu pai. Minha mãe o consolava, e não a ouvi soluçar. Não me atrevi a indagar o que teria havido. Adivinhava algo ruim, desde que, meia hora antes, ouvira baterem à porta e vira, espreitando pelas frestas da coberta, dois soldados da Polícia Militar cochichando com eles. Meu coração de mocinho, naquela noite infinita, temia, e uma tristeza grandota apertava minha garganta. Meu pai chorou, desoladamente, a noite inteira. Eu, petrificado na cama, esperava. Esperei.

Estamos em 1970, no ensolarado mês de julho que iluminava as nossas férias na chácara, em Cachoeira Paulista. Por esse tempo a família morava em Suzano e as férias eram o período de afastamento do chuvoso subúrbio paulistano. Já éramos os nove irmãos e apenas Rubinho não estava na casa improvisada da chácara, porque cumpria o serviço militar em Guaratinguetá e dormia no quartel. Todos os outros dormíamos na sala grande da casa, quase um salão, onde havia uma cama de casal, uma de solteiro, dois sofás de bom tamanho e colchões pelo chão. Verdadeiro acampamento.

Estremecido pela angústia do meu pai e pelos sussurros incompreensíveis mas certamente consoladores de minha mãe, eu passava em revista as possibilidades mais trágicas. O que eu já sabia era que Marta não voltara para casa na noite anterior, dia 19, um domingo. Acompanhara a angústia dos meus pais entre o desespero da busca e a tentativa de não assombrar os filhos com a busca desesperada. Procuraram manter o equilíbrio e a aparência de serenidade, embora não escondessem estarem profundamente preocupados com o sumiço da filha mais velha.

Às cinco e meia da manhã, senti tocarem meu ombro, de leve, e a voz forte do meu pai, triste muito, a chamar: "Joaco, acorda!" Pulei da cama, olhando entre temeroso e assustado para ele. Com ar controlado, ordenou sem explicar, que eu tomasse o trem das seis e fosse até a casa do tio Rubem, em Lorena, para informá-lo de que a Marta tinha sido encontrada morta. Meu coração parecia bater nos ouvidos, enquanto punha a roupa e corria para o banheiro, para lavar o rosto. Tomei uma caneca de chá com leite que mamãe preparava, desalinhada num roupão, cabisbaixa, pensativa. Saí para a estação e me lembro que, da porta, olhei para dentro da casa, onde podia ver meus outros irmãos ainda dormindo. Olhei, com pena, acredito hoje. E pensei que era a última vez que olhava para aquela sala e veria aquele amontoado de irmãos com a mesma serenidade com que dormíramos na véspera. Nossa vida ia mudar. Eu não imaginava quanto, não me atrevia a antecipar nada. Imagens embaralhadas da Marta povoavam minha cabeça e eu chegava a sentir remorso das discussões que tivera com ela, enfrentando suas pequenas tiranias de irmã mais velha.

O trem balançava, mas nem sei se me senti incomodado. Concentrei-me na tarefa de mensageiro, tentando antecipar como falaria com meus tios sem causar muito alarme. Não tínhamos telefone, aliás poucas famílias tinham telefone. Ensaiei um pouco o discurso. Desisti. Na hora veria como fazer. Na paisagem, fora do trem, voavam vacas e cupins, à velocidade do trem em vetor inverso, como se estivessem correndo para trás, sumindo assim que passavam pelo umbral da janela do trem e sendo substituídos por outros que pareciam perseguir os

204

anteriores. O capim e as poucas árvores, quando eu mirava um ponto fixo mais à frente do primeiro plano, transformavam-se em riscos borrados e fora de foco, na manhã ainda cinzenta de névoa e de tristeza.

Tio Rubem telefonou para Itajubá e avisou Tia Norinha. Informou o vô Antônio, em Suzano, que repassaria o recado para os tios Mário Celso e Jarbas. Por último falou com o tio Paulo, então coronel da Polícia Militar comandando a Baixada Santista. Todos vieram.

Hoje, algumas lembranças ficam desfalecidas na memória. Marcos, outro dia, jurava que Marta morreu em novembro. Engana-se, meu irmão. Foi em julho, quando graças ao fato de estarmos em férias escolares, meu amigo Júlio César Morais, com autorização, levou-me para passar uns dias na casa da avó, em Passa Quatro, no sul de Minas Gerais. Dona Fafá, então vereadora, lia ao telefone, para alguém, quando chegávamos à sua casa, um lindo poema sobre o dia das mães. E eu pensava que atraso era aquele, porque o dia das mães já fora comemorado havia mais de dois meses. Era um poema tocante, que fez brotar do meu peito o choro que eu ainda não tinha chorado – e que não voltei mais a chorar, pelo menos para a Marta. No lugar, arrumei uma gagueira que me perseguiu por muitos dias. Eu tinha quinze anos.

Em 1971. Quase julho de novo. Na realidade uma quinta-feira santa, 17 de junho. Eu tinha estado na piscina do Clube Literário de Cachoeira Paulista. Era, talvez, o único dos irmãos que aprendera a nadar. Voltava para casa, por volta das cinco da tarde. Quase à esquina da chácara, percebi o alvoroço. Gente apressada, alguém me falou, de passagem: "O João de Deus viu ele pular, viu?" Quem pulou? Pulou aonde? A entrada em casa me fez reviver um sobressalto. Já não sei quem me contou que Rubinho estava sentado no parapeito da ponte sobre o Rio

Paraíba e caíra. Ou pulara. Desgostoso com a namorada, com a impossibilidade de continuar carreira militar, com não sei mais o quê. Mamãe acha que ele se matou. Em mim, novo remorso: eu sabia nadar, mas não estava ali para salvar o meu irmão. Mas superei essa sensação pouco tempo depois. Era absurdo assumir culpa por um acidente ou decisão de outrem. Eu tinha dezesseis anos.

E de novo era julho, em 1972. Meu irmão Juca estava muito mal, acometido da nefrose. Mas era tempo de férias, e eu me preparava para conquistar o mundo em quinze dias.

CAPÍTULO 38

Na cidade e na serra

O passeio, com que longamente eu sonhara, era uma espécie de recompensa dos meus pais à minha dedicação com o Juca. Eu era o responsável por dar-lhe comida, ajudá-lo no banho e aplicar, piedosamente, três injeções diárias. Doía em mim cada picada, e como sofri com o sofrimento dele! Estava inchado, disforme, arrastando-se debilmente para tomar sol no quintal. Muitas vezes precisava ampará-lo. Só mais tarde entendi que a autorização dos meus pais para esse passeio era como que uma atitude de clemência para comigo.

Meus três amigos e eu éramos quatro moleques, posando de cavaleiros em animais emprestados. Em menos de vinte e quatro horas, já havíamos passado frio, fome, as bundas doíam. Mas tudo fazia parte do passeio. Cavalgaríamos, no todo, cerca de setenta quilômetros, até a fazenda do Carlos Porto, no alto da Serra da Bocaina, parte da Serra da Mantiqueira, onde ficamos abrigados por uns dias num casebre desocupado onde antes morava um colono.

Céu límpido, silêncio, banho de rio, confissões, brincadeiras, aprendizados. Halo em volta da lua: geada na certa! Olhos de capivara, à luz das lanternas, são amarelos. O casco do tatu brilha sob o luar como uma carapaça de prata. Cruz de pau, na beira da estrada, é sinal de que alguém morreu ali. Anum é pássaro que ajuda o gado, porque come os carrapatos. E é de

bom tom cumprimentar todo mundo, nas estradas do sertão, cavaleiro ou andarilho. 'm dia!

    Cada um de nós tinha a sua estrela particular, simbolizando a namorada, nas noites em que os astros cintilantes eram a única luz disponível. O mundo, ancho, cheio de perigos e de encantos, se apresentava para nós e o interpretávamos com a leveza e o descompromisso de quem tem dezessete anos, ama e é feliz. Cantávamos. E sentíamos saudades.

A viagem foi completada em dez dias. E voltamos. Guapos, em cima dos cavalos que agora dominávamos, vínhamos reconhecendo lugares e paisagens, ansiando por reencontrar as namoradas. E as famílias. Lembrar dos irmãos era lembrar das agruras do Juca, mas o entusiasmo de sermos vistos por pessoas conhecidas, à medida que nos aproximávamos da cidade, heróis de aventura montada, se sobrepunha a tudo. Era um caminho de glórias, de conquistadores retornando ao castelo.

Chegamos, enfim. Era nossa obrigação levar os cavalos para seus donos, desencilhar, desarrear, soltá-los no pasto. Mas a chácara dos meus pais ficava no caminho. Quis vê-los antes de cumprir a tarefa.

Parei o cavalo e desci. A casa quieta. Entrei, estranhando o silêncio. No quarto do Juca estavam todos, grudados um no outro, na noite fria de julho, assistindo a TV. Juca não estava. Estaquei na porta, ainda com o chicote na mão, ainda de chapéu. Papai levantou-se, deu-me um abraço e informou. Juca morreu, meu filho. Todos me olhavam, consternados. Rovana, de olhos arregalados, destacava-se do grupo.

CAPÍTULO 39

Quase férias

Por vias tortas, Rovana obteve o que queria: morar outra vez em São Paulo. Não por muito tempo, mas foi a glória enquanto durou.

A condição para que recebesse alta do Hospital dos Servidores era cumprir sessões de hemodiálise às segundas, quartas e sextas-feiras. Obediente, quando se tratava de ordem médica, não se queixou do único horário disponível, que era o das seis da manhã. Levei-a para minha casa. Para ela, era a casa do irmão mais velho, onde encontrava alegrias mundanas de que não desfrutava na casa da mãe, como TV a cabo, guloseimas, sem grandes luxos mas com algumas sofisticações. Para ela, aristocrática de nascença, local perfeito. Melhor ainda, tinha a atenção total da Tânia, cunhada querida, então desempregada depois que um facão passara pela agência de publicidade em que trabalhava, decapitando quatro diretores, ela no meio. A rotina ficou desenhada desde logo, com toque de despertar de caserna, às cinco da manhã, café da manhã com frutas, chá com leite, laticínios, ovo mexido não porque a gema é rica em fósforo, elemento proibido. Desciam de carro as dez ou doze quadras, Tânia ia com ela até a sala dos equipamentos, e voltava depois das duas horas necessárias. De volta pra casa, pernas pro ar que ninguém é de ferro! Televisão, dormindinho no sofá, um passeio pelo condomínio, anotações no diário do momento, depois almocinho preparado na hora, sem feijão, que tem potássio e fósforo.

Mamãe vinha de Cachoeira para vê-la, às quintas-feiras, antes da sessão da Academia Paulista de Letras. Ficavam algumas horas juntas, Rovana miando a saudade e lamentando seu estado mas fazendo questão de afirmar que estava melhorando, que ia sarar e ia ficar morando em São Paulo. Contava das novas amizades – a essas alturas já conhecia todos os enfermeiros e enfermeiras que a atendiam. Tinha aprendido a operar um telefone celular e a sua ladainha para as pessoas com quem pretendia travar conhecimento mudara um pouquinho, agora pedia o número do celular, para "corresponder". Escrevia muito, ajudada por uma lente de aumento. Torrava os créditos de que dispunha contando novidades para todos os amigos, velhos e novos. Moderou um pouco a atividades ao ver o tamanho da primeira fatura. Mas ajeitamos para que ela continuasse usando bastante o aparelho, a pobre tinha tão pouco.

Pois a rotina "de caserna", pela vontade dela, poderia ficar assim mesmo, indefinidamente. Mas mamãe carecia de sossego de espírito e da filha ao lado. Tentamos transferência para o Hospital Frei Galvão, em Guaratinguetá, a meia hora de carro da chácara, mas não existia horário disponível. Enquanto isso, Rovana como que gozava férias em São Paulo, a cidade dos sonhos.

A vaga na área de nefro do Hospital Frei Galvão apareceu, pouco mais de dois meses depois. Arranjo conveniente para a família. Mamãe teria a filha perto de si, eu teria minhas preocupações um pouco diminuídas, Tânia ficaria sem o encargo de acompanhante. Jura que não se incomodava, que gostava de cuidar da Rovana, mas sua busca por um novo emprego frutificava e ela precisava trabalhar. Num sábado, levamos Rovana para a casa da mãe. Seguiu tristinha, mas obediente. Quem sabe, também se ressentia da falta dos seus badulaques, do contato com a mãe e as amigas, de uma vidinha deixada para trás num supetão. Resignou-se. Em breve, estava felizinha de novo.

Em Cachoeira, uma ambulância da prefeitura faz o transporte dos pacientes da cidade que precisam de hemodiálise e Rovana foi inscrita. Nos primeiros meses, Jurema, enfermeira que cuidava do meu pai e virou amiga da família, fez questão de acompanhar. E era necessário mesmo, porque quase sempre Rovana voltava prostrada, "com tonta na cabeça", e precisava ser amparada. Cobrava ânimo somente horas depois. E aí já era hora de dormir. Passava bem o dia seguinte e o posterior. Ambulância de novo, prostração de novo. A gente se acostuma com tudo.

Rovana aguentou o processo (aberturas de fístulas nos braços, fracassadas, instalação mal-sucedida de cateter na veia subclávia, depois outra tentativa que afinal deu certo) com coragem. E, principalmente, com uma tenaz determinação de sarar. Não sabia o que a família sabia, da irreversibilidade da falência renal, e nunca roubamos dela a esperança. O transplante, várias vezes cogitado, não parecia recomendável. Segundo os médicos, os rins com maiores probabilidades de compatibilidade eram os dos irmãos, e havia uma enorme chance de que contivessem o gene da síndrome de Alport, embora não manifestado. Filas de espera por outros rins eram muito grandes. Ademais, havia outras complicações, de modo que transplantar poderia ser apenas mais um sofrimento, sem garantia mínima de sucesso. Para quanto tempo mais de viver?

Pois, em tendo voltado para Cachoeira, acabaram-se as férias em São Paulo. Entendeu que era bom estar com a mãe, atendida pela empregada Vanda – a quem, pasmem, do cômodo ao lado, mandava mensagens pelo telefone celular para pedir uma caneca de chá ou um biscoito. Rovana não perdia a pose. E, de certo modo, não perdia o humor.

CAPÍTULO 40

Bom humor

Vamos retirar dos diários alguns exemplos de elaboração linguística de Rovana, que resultam em frases de certo humor infantil, parecendo quase sempre involuntário. Ranzinza, já sabemos, Rovana entregava-se às vezes a grandes gargalhadas, e ria até perder o fôlego. Mas detestava o ridículo, odiava passar por situações que a expusessem ao ridículo. Por isso, com certeza teria se mortificado eternamente se tivesse percebido o deslize de acentuação que cometeu em um de seus diários: *"E a Sosiva veio e trouxe uma caixa de doces de cocô, ai eu experimentei estava um pouco gostoso."*

Para um mosaico panorâmico da sua articulação mental, seguem algumas frases que recolhi de fragmentos de seus diários:

"Já são às 9 e 15 minutos horas, porque o relógio estava errado e estava parado tic-tac."

"A mamãe está fazendo bordando e o pai está dormindo sem ler."

"Eu já tomei banho e fiquei cheirosa, eu pintei o esmalte na unha, ficou bonita!"

"Pulei da cama e dormi e acordei e cobri o cobertor marrom e demorei dormir e acordei à noite, e andei e parei na porta e de

repente fiquei tonta tão repentina, ai sentei na cama da Júnia pra passar a tonta, ai de repente dormi e cai e bati na texta esquerda, só machucadinho!"

"E fomos embora, eu fiquei com tanto dor de barriga, não aguentei mais. Já voltamos para casa. Depois cheguei a tempo no banheiro 1 minuto ou 2 minuto. Saiu bem, passou a dor!"

"Fiquei roupa bonita e perfumosa."

"Fomos na seresta, aí começou samba, eu e papai dançamos, estava tão bom demais!"

"A Mônica estava lá, ela está namorando Tucão, este chato está querendo receber a minha carta, mas não escrevi nada."

"A rua está deserta que ninguém anda e passeia porque já é madrugada. Todos dormiram e trancaram as casas todas."

"Depois o pai sentou no meu colo, que engraçado, não!"

"Eu sou vidrada e ardorosa de cantor Elvis Presley."

"O pai estava lendo ai eu tirei da mão dele, ele ficou uma cara chorando, ai tirou o óculos e pões as mãos no rosto, eu usei o óculos um pouco. Foi tão engraçado que o pai chorou, ai ele se enxugou."

"Fiquei divertida hoje!"

"A Júnia está deitada, digo, sentada na pontrona."

"Hoje é dia de comemorativo dia da bandeira do Brasil."

"O Marcos apanhou mangas na árvore mangueira."

"Ai o seu Orlando me disse que me viu no Clube Literário que eu dançava com rapaz e paquerei, eu dei tanta risada e até os meus colegas, que coisa engraçada! Já disse pra ele que não tenho namorando, apenas que eu estava dançando com meu pai."

"A mamãe está bordando, o chá está fazendo agora."

"Eu comi pão com ovo, porque não tem mais arroz, só tem sopa, isso não janto!"

"Tomei chá 2 vezes só tem pães ruim, duro e preto mais ou menos."

"A mãe está batendo máquina de escrever. Eu bordei um pouco."

"Eu estava coçando que os pernilongos amolam, ai vi de repente na parede e levantei rápido e fiquei longe. É aranha, que eu tenho medo de susto. A aranha me mata, meu deus! Aqui fiquei aqui no quarto e vou esperar que o inseto fique bem longe."

"Eu já perguntei pra Dona Ana Maria 'Ô Dona a sra. vai dar prova segunda-feira não vai'. E ela respondeu 'vou'. Eu disse 'porque eu não vou conseguir tirar B, pra mim é muito difícil'. Ela disse 'não é não'."

"Ontem, eu ficava com tanta raiva porque os meus dois professores tirou a minha nota abaixa E é Educação Artística e Estudos Sociais. Eu quase chorei de lágrimas, para não dizer nada a minha mãe, porque ela ficaria furiosa comigo. Fiquei andar caminhada sem conversar, fiquei com uma cara de raiva e até fico vermelho no rosto."

"Aquela hora de manhã eu e ela e Joaquim damos volta passear no carro."

"Eu e Judá sentamos no trenzinho, vi a placa escrito assim 'até 10 anos somente acompanhada', mas grande pode que quiser."

"Eu perguntei a Celinha que ela gostaria de cantar no calouro do Sílvio Santos, ela disse só eu e ela cantarmos lá, mas eu não vou porque a Araci de Almeida vai buzinar."

"O carro verde do Dr. Cardoso não é mais, agora é branco."

"Ai o Joaquim veio deitar na minha cama. A cabeça dele está no meu colo. Ele pensa que eu sou travesseiro, que engraçado! Ele é muito brincalhão demais!"

"Essa Karin não vai dar as férias para a Celinha. Porque tem muitas enfermeiras na frente dela. Eu até fico tanta chateada dela!"

"Sabe, o tio Aurelino é tão lindo e 'pão', isso não posso dizer mais nada, porque ele é meu verdadeiro tio, a tia Márcia fica ciumenta, isso eu não quero que ela fica ciumenta."

"A Júnia escrevia carta para mim. Aí ela desmassou e jogou fora."

"A mamãe ganhou diploma ela é cidadã emérita. Depois, os três demoram tanto falar microfone eu quase caio sono."

"O Joaquim me dançou e o pai me dançou também."

"Eles ficaram roupas elegantes, eles foram casamento da moça."

"Hoje eu não tenho o quê escrever, sem comentários."

"O Olavo emvaziou os retratos da minha máquina digital."

"Eu estava nadando no mar um pouquinho de repente vi minha sandália e está faltando uma, procurei e não achei eu disse 'ai meu Deus do céu'. As 2 garotinhas falou que a água pegou sandália e levou. As duas estavam rindo de mim feito bobas. A mamãe perguntou 2 vezes 'cadê sua outra sandália'. Eu não pude resistir, contei!"

"Eu não quero me molhar porque tem 3 furadinhos de guarda-chuva."

"E depois eu tomei banho de novo porque a Júnia me disse que estou porca, azar!"

"Eu vesti macacão e penteei e perfumei e passei batom. Já estou ficando bonita."

"A mamãe já recebeu 3 cartas e nem menos eu."

"É só isso, diário. Tchauuuuuu!!! E tem um sapo debaixo da pia, lá na cozinha, que susto que eu tive!"

CAPÍTULO 41

Estou bem melhor...

"Eu estou melhor" é uma litania, quase um mantra que Rovana repete em quase todas as páginas do seu último diário, de número 194. É um caderno pequeno, cor de rosa, de capa dura enfeitada. Por dentro também – está polvilhado de figurinhas que a Maria sapeca sobrinha colou nas páginas. Rovana deixa a menina fazer o que quer; ela é o seu anjinho, brincar com ela é sua responsabilidadezinha nos fins de semana, e o tema quase exclusivo dessa última coletânea de relatos. Esse caderno, o que tem a letra mais deteriorada, é também o que tem menos conteúdo. Em 25 de janeiro de 2010 ela comenta, laconicamente, que está frio e que nada tem o que escrever. No dia 26 de janeiro relata, em tinta azul, *"eu estou bem e melhor, e estou com tosse e com dor na costa"*, e prossegue, em tinta vermelha, com a letra um pouco diferente, como se escrevesse em outro momento: *"E quase 16 hs da tarde, eu não estava sentindo bem, com tosse e muitas dor. Eu gritava 'mãe' toda hora, a Vanda e o André chamaram o Marcos e a Jurema, me levaram no Frei Galvão e fiquei internada".*

Voltou para casa depois de alguns dias. Retoma o diário, mas declara seguidamente não ter novidades para contar.

A letra vai decaindo, nos relatos posteriores. A narrativa perde vigor. O assunto varia pouco, calor, perda de sono, respiração ruim, cansaço. *"Mas eu estou melhor, graças a Deus!!!"*

No dia 15 de fevereiro de 2010: *"Na noite de madrugada, eu não conseguia respirar, eu gritava, ai o Joaquim e a Tânia me acordaram, que eu não acordava, e depois me levaram no pronto socorro do Frei Galvão e depois me internaram."*

No dia 17 de fevereiro de 2010: *"Estou no quarto 216, nosso andar tem 3 pessoas doentes."*

No dia 18 de fevereiro de 2010: *"Bom, sem comentário. Não poderia mais escrever, estou com injeção na mão direita."*

Em 25 de fevereiro relata que teve alta e voltou para casa. As anotações que vêm a seguir oscilam como linhas senoides num gráfico. Às vezes parecem escritas sem entusiasmo, apesar de ela insistir que está boa e bem melhor depois de cada sessão de hemodiálise, às vezes revelam uma certa animação, para logo no dia seguinte parecerem obrigação, letra preguiçosa, registro apático. Vários são os dias em que Rovana se confessa sem comentários a fazer. Em outros, teima em garatujar alguma coisa, mas aqui os rabiscos já estão quase ilegíveis. Escapa, aqui e ali, uma informação que conta da dificuldade que está sendo escrever. Mas teima. E uma frase está registrada em todos os dias desse último caderno: "estou bem melhor".

Em 2 de março de 2010 escreve uma cartinha para a sobrinha Maria, então com cinco anos:

Querida sobrinha Maria:
É a primeira vez que eu escrevo, e você receberá a primeira carta em suas mãos.
Hoje estou melhor, dormia bem.
Eu consegui assistir Madelaine, no Canal Futura, é tv Cabo.
E foi assim que sua tia lembrou de você.
Maria, a tia sente falta de você, tá com saudades de você.
A vovó mandou um abraço pra você.
Você está indo bem na escola?

Brincou muito?
Como foi os seus estudos na escolinha!
Aqui em Cachoeira Paulista está mais frio e chuva.
A tia não saiu mais de casa hoje e nem ontem.
Maria fique sempre boazinha com a sua mãe, com sua tia
Rovana e a vovó Ruth também.
A gente gosta muito de você, Maria.
Vou parando por aqui, e mandando nesta carta no correio.
Um forte abraço
carinhoso
e um beijo carinhoso da sua tia

ROVANA

A partir de 29 de abril, quase nada se entende de seus escritos. No dia 4 de maio de 2010, as quatro últimas linhas: *"Ontem mês de abril é de mês de maio. E hoje, maio, mas está tudo bem!"*
Enxerga cada vez menos, mesmo com os óculos, e, em tendo emagrecido muito, o aparelho de surdez não se ajusta mais aos seus ouvidos. Precisaria ir a São Paulo para refazer o molde, mas não tem condições físicas de viajar. Com isso, essa criaturinha mirrada e desprotegida se ausenta, vai se ausentando, voltando devagarinho para a caverna de onde veio.
Rovana veio para o mundo, sem armas, sem pau nem facão, brigando para sobreviver. Prematura, mal formada, portadora de um mal traiçoeiro, deficiente, limitada, tinha de seu apenas uma inteligência aguda, uma vontade de aço e uma família de ouro.
Brigou pela vida afora. Contra a sua condição. Contra o seu destino. E pelejando viveu, contrariando expectativas, dona de si, caprichosa, habilidosa, meiga, inteligente, romântica. Foi Emília de pano, princesinha das reinações, Helen Keller, sem querer ser nada, sem querer nada. Mas isso é apenas o que po-

demos supor. O que sabemos dela, afinal? Não temos dela um retrato de corpo inteiro, mas palavras, suspiros, ações imprevisíveis. Apenas fragmentos daquilo que ela nos permitiu saber.

Não se rendeu, esse espírito indomável. No dia 21 de junho de 2010, uma segunda-feira, internada no Hospital Frei Galvão, em determinado momento, adormeceu. Mamãe estava ao lado dela. E ouviu que sussurrava, em meio à respiração entrecortada. Aproximou-se e percebeu que Rovana, embora nada mais tendo, nem mesmo forças para despertar, repetia, baixinho: socorro, socorro...